杜鹃如火

李　一 / 著

二十一世纪出版社集团
21st Century Publishing Group

图书在版编目（CIP）数据

杜鹃如火 / 李一著． -- 南昌 ： 二十一世纪出版社集团， 2024． 11． -- ISBN 978-7-5568-8704-0

Ⅰ． I247.5

中国国家版本馆 CIP 数据核字第 2024JB1530 号

杜鹃如火

DUJUAN RU HUO

李　一/著

出 版 人	刘凯军	营销编辑	聂韫慈
选题策划 责任编辑	姜　蔚	封面插图 内文插图	马开峰
美术编辑	雷　燕		

出版发行	二十一世纪出版社集团 （江西省南昌市子安路 75 号　330025）		
网　　址	www.21cccc.com		
经　　销	全国新华书店		
开　　本	787 mm×1092 mm　1/16	印　　刷	南昌市红星印刷有限公司
印　　张	10.25	版　　次	2024 年 11 月第 1 版
字　　数	130 千字	印　　次	2024 年 11 月第 1 次印刷
书　　号	ISBN 978-7-5568-8704-0	定　　价	35.00 元

赣版权登字 -04-2024-771　版权所有，侵权必究

购买本社图书，如有问题请联系我们：扫描封底二维码进入官方服务号。

服务电话：0791-86512056（工作时间可拨打）；服务邮箱：21sjcbs@21cccc.com。

目 录

第三章　杜鹃啼血

第四章　寒冬盼春归

第一章

春至花木知

爷爷是位老红军

陕南春天的天气就像小孩子的脸，说变就变。

下午上自习课时，天空还像婴儿的眼睛一般澄澈而明亮，等到放学后，孩子们背着书包走到学校大门前时，突然起风了，跟着淅淅沥沥地下起雨来。

雨点儿虽然不大，但是连绵不绝，眼看一时半会儿停不下来。

男孩何开阳正双臂交叉抱住头顶遮雨时，一把蓝白相间的格子雨伞遮住了头顶，为他挡住了雨水。

有人在身旁大声问："开阳，你站在这里发什么呆啊？"

不用回头，何开阳就知道是好朋友杜泽伟，他随意地嘟囔着："嗯，我还有点儿事，你先走吧。"

"可是你没有带伞。"杜泽伟好心地提醒。

"淋点儿雨怕什么，春雨贵如油。你快去接小葵吧。"何开阳说着推了一把杜泽伟。杜泽伟犹豫了一下，转身跑掉了。

杜泽伟的妹妹小葵正在上幼儿园，她的幼儿园离学校不远。从今年起，懂事的杜泽伟就帮助妈妈每天接送妹妹。

看到杜泽伟跑远了，何开阳双臂遮着头有些犹豫：沿着左边的街道一直向前走到头，再拐一个弯儿就是桂花巷，巷子里的第二座院落就是爷爷家；如果选择右边的街道，过两条马路就到了阳光小区，三号楼的402室就是自己的家。

“书包里躺着一张65分的数学试卷，我还是去爷爷家吧。”何开阳做了决定。在下决心的同时，他好像嗅到了一股红枣蛋糕和橙子汁的甜香味儿。

奶奶常说：“半大小子正在长身体呢，就是要多吃一些。”她怕何开阳放学后肚子饿，总是会为他准备一些好吃的点心。

轻松地吹了一声口哨，何开阳潇洒地将滑落到肩膀下的书包重新甩回背上，迈开两条铅笔一样修长纤细的腿，向着左边的街道大步走了过去。

下着雨的街道行人很少，没走几步，何开阳就看到路的另一头走来一位穿着黑呢子大衣、头发花白的老人。老人正撑着一把伞缓缓地走着，他的腋下还夹着一把旧雨伞。

何开阳开心地想：“爷爷来接我了。”他迈开长腿跑了过去，边跑边大声喊：“爷爷，爷爷！”

别看何开阳在六年级的男生里算高个子，但是他站在爷爷面前还是矮了一截儿。

爷爷身材又瘦又高，骨架也大，肩膀显得异常宽阔。爷爷背脊总是挺得笔直，走路时肩膀从不摇晃，就像一棵长着铮铮铁骨的松树。

爷爷笑着说：“我今天下午没有课，正好出来走走。”他还在市里的老年大学担任书法和国画老师呢。

爷爷微笑着伸手去拿何开阳肩膀上的书包，何开阳灵活地一闪身避开了爷爷的手，懂事地说："我的书包太沉了，还是我自己背吧。"

爷孙俩撑着伞慢慢地往家走。路边高大的洋槐树已经开出了一串串洁白的花儿，杨树上则挂满了像毛毛虫一样暗红的花序，有的花儿缀满了雨水，沉甸甸的，纷纷落到了地上。

何开阳很喜欢春天里这种清新湿润的感觉，目光所及的一切都笼罩在绵绵细雨里，呼吸的每一口空气都是清凉甘甜的。何开阳一边伸出手去接从伞上滴落的雨水，一边跟爷爷有一搭没一搭地闲聊着。

走到桂花巷时，何开阳看到巷子口站着两个人，一个是身材瘦小、戴着黑框眼镜的中年男子，另一个是烫着大波浪卷发的年轻女子。他们举着伞东张西望，好像在找人。

看到何开阳和爷爷走过来，"大波浪"姐姐笑着问："小同学，你知道这条巷子里住着一位红军爷爷吗？"

何开阳抿嘴笑着看向爷爷，爷爷却像没有听到一样，默不作声地低头往巷子里走去，于是开阳跟着爷爷往前走。

"大波浪"姐姐紧走两步撵上来，又问："那位红军爷爷叫何润生，你们没有听说过吗？"

这下何开阳仰头看着爷爷，咧嘴笑了。爷爷扭头转向"大波浪"姐姐问："你们找他有什么事吗？"

中年男子听到爷爷的话也撑着伞走过来，说："我们是市民政局的。我姓刘，是民政局社会事务科的主任。她叫董丽，是办公室的工作人员。两天前，我们收到了一封来自江西省抚州市乐安县的信函，信里说他们在收集整理乐安县里保留至今的红色标语，想邀请一位叫何润生的老红军指导整理工作。我是上周才从教育局调到民政局的，还在熟悉工作，我了解了一下才知道，市里还住着一位老红军，所以专程来送信，并且想拜访一下他。”

爷爷问：“你们找到了吗？”

董丽说：“我们刚才向社区人员了解到，这片小区没有一位八九十岁的姓何的老人，我们在想这封信是不是写错了。”

何开阳忍不住说：“你们要找的人‘远在天边，近在眼前’，我爷爷虽然叫高峰，但是他当年就叫何润生。”

刘主任扶了一下滑落的眼镜，打量着爷爷，惊讶地说：“失敬失敬，原来您就是我们要找的人。您看着可不像有八九十岁，腰板这么挺拔，还真有军人的气概呢。”

爷爷抬手做出邀请的姿势，说：“去我家坐坐，喝一杯茶吧。”

刘主任微笑着点点头，跟随爷爷一起走进了院子。

一进院子，董丽就称赞说：“这院子收拾得真是整齐清爽。”

爷爷对何开阳说：“阳伢子，快去给客人们泡杯茶。”

奶奶正在屋里织毛衣，看到爷爷带着两个陌生人走进来，她忙出来笑着将他们往屋子里让。

很快，两杯散发着清香味儿的绿茶和一碟子桂花糕就端上了桌子。那糕点上的干桂花还是去年秋天奶奶从巷子里的桂花树上摇下来的呢。一朵朵褐色的干桂花精致小巧，香喷喷的，很诱人。做糕点时，奶奶总会撒上一小撮，起到画龙点睛的作用。

刘主任从手提袋里拿出了一个牛皮纸信封，递给爷爷说：“这封信寄到了市民政局，我们打开看了，才知道是找您的。”

爷爷接过信，从里面拿出了几张照片，何开阳也好奇地凑了过去，原来是几张墙上标语的照片。

“这些标语写的都是什么啊？”何开阳好奇地拿起一张照片，仔细地辨认着。

他看到在一张黑白旧照片上，有一个穿着大褂的成年人和一个戴眼镜的年轻人，还有两个孩子，他们并肩站在一堵围墙前面，那墙上写着“贫苦工农自动起来当红军”。

爷爷目不转睛地盯着那张照片，伸出满是皱纹的大手摩挲着照片，眼圈一下子红了。

“照片上的这些人，您都认识吗？”何开阳好奇地问。

爷爷声音颤抖地说：“这两个是宁班长和许亮，这两个是我和吴银根。”

“七十多年前的一天，宁班长带着我们在乡村的围墙上刷标语时，偶遇了一位来采访的战地记者，是他为我们拍下了这张珍贵的照片。”

爷爷轻声说：“这张合影太珍贵了，我还是第一次看到。”

“这上面的哪一位是您啊？”董丽好奇地问。

爷爷指着个头儿最矮的圆脸男孩说：“喏，当年我比阳伢子还小一岁。”

“您十一岁就参加红军了？”何开阳问。

“对，十一岁我就参加红军，跟着宣传队到处刷红色标语了。”爷爷回忆说。

何润生的父亲是一个清朝末年的老举人，他在县城里开办了一所学堂，润生从小就跟着父亲读书、写字。

“那时候很多成年人都不认字，我认识的字比宁班长还要多呢。”爷爷微笑着说。

他们看着一张张照片，上面分别写着“准备一切力量与敌作战”“农民打土豪、分田地”“红军是工农群众的军队”“士兵不打士兵，穷人不打穷人”等标语。

“这些红色标语真有历史的厚重感，在咱们这里很少看到呢。”董丽感慨地说。

“当年宁班长经常教育我们：一条红色标语发挥的作用，能抵上一支军队。”爷爷挑出两张照片，感慨地说，“这上面的标语是我亲手写的。那时我人小，写标语有时还要骑在宁班长的肩膀上，一不小心就把颜料滴在他的头上和身上。宁班长从来都不生气，他总是笑眯眯地抹一把说：‘没关系，我正好肚子里缺墨水。’一晃几十年过去了，没有想到现在我还能看到这些标语。”

董丽好奇地问：“老爷爷，我们刚才从社区的工作人员那里打听到您姓高，名叫高峰，这个小朋友也证实了这一点，那您姓何又是咋回事呢？”

爷爷说：“我本姓何，后来参加长征去了延安，就改名换姓了。”

“原来如此。我知道毛主席曾经化名李得胜，周总理化名叫胡必成，他们的化名的意思是‘解放战争必胜，中国革命必成’。”在一旁捧着茶杯的刘主任笑着说。

董丽抿了一口茶润了润嗓子，又兴奋地说：“这些都是我们在书本里看到的革命故事，想不到我还有遇到故事中的人物的一天呢。”

貧苦工農自動
起來當紅軍

和爷爷愉快地聊了一阵子，两个人就告辞了。

临走前，刘主任记下了爷爷的电话号码，还留下了自己的电话和办公地址。他说：“过一阵子，我会代表民政局再来慰问您的。”

爷爷笑着说：“不用了，我不想给组织和同志们添麻烦。”

董丽忙摆手说：“一点儿都不麻烦，这是我们的工作。”

看到爷爷要起身送他们，刘主任笑着将他“按”在藤椅上，说：“高老，您好好休息吧。”

爷爷笑着对何开阳说：“阳伢子，你帮爷爷送送客人吧。”

杜鹃花又开

看着刘主任他们撑着伞，在绵绵细雨中走出了巷子，何开阳这才回到院子里。

他在一丛杜鹃花前停了下来。他惊喜地发现在翠绿的枝叶上萌生了很多花苞，有的花苞裂开了一条细长的口子，露出了里面鲜红的花瓣，像小孩子的嘴巴一样。

爷爷很喜欢杜鹃花，他说小时候生活的江西乐安，在山坡上、田野里、道路旁和自家的庭院里，到处都种着杜鹃花。一到春天，漫山遍野的杜鹃花都开放了，红艳艳的一片，可美了。

听奶奶说，院子里的这丛杜鹃花还是很多年前的一个秋天，爷爷回乐安老家时带回来的。经过一路的颠簸，到家时那些杜鹃花看起来已经萎靡不振了。奶奶试着把它们移植到院子里肥沃的土地上，她有些担心那丛花活不了，谁知它们生命力很顽强，挺过了第二年的春天后，就年复一年地蓬勃生长起来了。

回到屋子里，何开阳看到爷爷还在翻看那些照片，他边看照片边用颤抖的手往烟袋锅里填烟丝，然后按动打火机。他点了几下都没着，打火机还掉在了瓷砖地板上，发出清脆的响声。何开阳弯腰捡起那只红色的打火机，他一只手按着打火机的滚轮，一只手挡着风，火苗如同一颗小巧的红豆跳跃、燃烧起来，爷爷凑过来吸着烟嘴点燃了烟袋锅。

火光映照在爷爷的脸颊上，不同的光影让他脸上深深的皱纹和沟壑都暴露无遗，这时何开阳才感到爷爷真的老了，他毕竟是一位年过九旬的老人了。

爷爷对何开阳微笑着点点头，指着桌子上那盘洁白柔软的桂花糕说：“阳伢子，饿了吧？快吃这个。”

爷爷不喝酒，也不像当地的那些老人喜欢泡茶馆，他就喜欢抽旱烟，而且他的烟瘾还挺大。听爷爷说，他年轻时跟着部队到处打仗，饥一顿饱一顿的，为了缓解饥饿感，就抽上旱烟了。

爷爷说：“江西农村的蛇很多。一次，我们在夜里去乡下刷红色标语，经过田埂时，我没看清楚，一脚踩到了一条在田埂上打盹的蛇，感觉脚下软绵绵、冰冰凉的，我吓了一跳。那条蛇被惊扰了，立刻蹿起身高昂着头，吐出了红红的芯子，眼看就要攻击我。多亏正在抽烟的宁班长挡在了我身前，他冲那蛇吐了一大口烟，倒把蛇给吓跑了。农村有句老话叫‘吞了烟袋油的蛇，离死不远’，所以蛇怕烟油，也怕烟。后来我夜里去乡下，总是紧跟在宁班长身后。”

“你们打仗那时期，烟丝好找吗？”何开阳好奇地问。

“当然不好找了。许亮是大学生，懂得多，他说烟草属于茄科植物。我们找不到烟丝，又想抽烟，怎么办？就把茄子叶、辣椒叶都当成烟丝，卷起来抽。”爷爷笑着说。

“那味道能好吗？”何开阳笑着问。

“茄子叶啥的到底不是烟叶，点起来烟大，味道也特别呛人。但是在战争年代，一切都将就了。”爷爷说。

一次，看到爷爷吧嗒着旱烟，何开阳好奇地凑了上去。见孙子目不转睛地看着自己吸烟，爷爷吐出一个大烟圈，紧接着又吐出一个小些的烟圈，有趣的是两个烟圈居然套在了一起。

何开阳觉得有趣极了，说：“爷爷，让我也抽一口试试吧。”

爷爷当然不同意，何开阳扭着身子，拖着长音撒娇地说：“您就让我试一试嘛。”

架不住孙子的软磨硬泡，爷爷就把那只烟袋锅递给了他。

何开阳没轻没重地使劲吸了一大口，一股辛辣刺激的气味瞬间弥漫了他的胸腔，呛得他剧烈地咳嗽起来。咳着咳着，何开阳咳出了眼泪。

奶奶听到何开阳剧烈的咳嗽声，忙走过来瞧。虽然没有看到孙子吸烟的一幕，但她也猜到了是怎么回事，她生气地在爷爷背上拍了两下说：“你这个坏老头，怎么能给孙子抽烟呢？要是让儿子知道了，你吃不了兜着走。”

何开阳的爸爸是市中心医院的外科医生，他总是劝爷爷戒烟。

有一次，爸爸还带爷爷去医院的标本室，参观了病变的肺部标本，那熏黑的肺还真的让爷爷停了一段时间，但是没过多久他就又开始吸烟了。

“吸烟不好，但是我不吸烟一天都没精神。”爷爷解释说。

看到爷爷这么固执，爸爸只得叮嘱他，如果感觉不舒服，一定要到医院做检查。

没想到何开阳吸了一口烟反应就这么强烈，爷爷被吓坏了。他轻轻拍着孙子的背说：“孩子，你轻点儿咳。看来你的肺太嫩了，受不了这个。”

从那以后，何开阳就再也没有碰过爷爷的烟袋锅，他对那种呛人的气体产生了畏惧心理。但他还是很喜欢和爷爷待在一起，或闲聊，或静静地看着爷爷。

爷爷是老红军，何开阳从小就知道。因为从懂事起，他就对为啥爷爷叫高峰、自己和爸爸却都姓何感到奇怪。爸爸告诉何开阳，爷爷本名叫何润生，他现在用的是革命时期的化名。

民政局的刘主任来拜访的那天晚上，爷爷失眠了。那些被岁月尘封的往事，在春雨的滋润下仿佛一点儿一点儿苏醒过来，它们野蛮生长着，焕发出勃勃生机。它们牵扯着爷爷的思绪，让他去重温那段烽火连天的战斗岁月。

吃午饭时，爷爷让奶奶烫了一壶黄酒。

他解释说：“这阵子总是下雨，我的风湿病又犯了，腰酸腿痛，得喝些黄酒去去寒气。”其实爷爷不需要做任何解释，只要说想喝黄酒，体贴的奶奶就会为他温上一壶。但是爷爷凡事都喜欢找个理由，否则他会觉得“名不正，言不顺”。

黄酒是汉中地区的特产。早在商王朝时期，汉中的谢村一带就开始酿造黄酒了，至今已有三千多年的历史。它是用小米酿成的一种低度酒，酿酒时加入了当归、川芎、黄檗、栀子、乌药等多种中药材，有祛风散寒、补血化瘀的功效。

细心的奶奶温酒时还切了几片生姜，抓上一小把枸杞，再放上三两块冰糖。温酒时人千万不能离开，因为黄酒好像长着眼睛，人站在跟前时风平浪静的，只要你一转身，它就顽皮地潽出温酒的小锅子，喷得满炉灶都是酒，清理起来很麻烦。

爷爷喝黄酒用的是一只写着“为人民服务”的旧搪瓷缸。半缸黄酒喝下肚，他的脸颊就泛红了，眼睛也眯缝起来了，连舌头都不大好使了。

爷爷举着搪瓷缸对何开阳说：“阳伢子，你……你也喝一口，香得很，比堆花酒还要香呢！”

见爷爷把搪瓷缸都举到自己的鼻子底下了，何开阳就接过来抿了一小口，嘴巴里立刻就热乎乎、甜丝丝的，口感很温润，味道更像是加热的可乐。咽下了一口黄酒后，何开阳感到一股热流从嗓子眼儿滑进了胃里，浑身变得暖洋洋的。喝了酒爷爷就吃不下饭了，他夹起一片腊肉慢慢地咀嚼着，好似想起了什么。

“爷爷，您吃点儿饭吧。”何开阳提醒说。

爷爷索性放下筷子，絮絮地讲起了自己儿时的故事。

他不像是讲给何开阳听的，倒像是讲给自己听的。

爷爷一边回忆一边缓缓讲述的样子，就像一头卧在夕阳里默默反刍的老黄牛。

幸福的一家人

在小儿子润生六岁那年，乐安县的何举人从开砖窑的吴老爹那里订制了两百块表面平整的青砖，这些青砖比普通的青砖略微大一些。

何举人将这两百块青砖平铺在自家的院子里。每天清晨，他就让小儿子润生提着一只铁皮小桶，拿着一支马鬃做的大毛笔，蘸上清水从第一块青砖开始练习书法。一块青砖写满了，继续写第二块，就这样一块一块青砖地写下去，直到写满两百块青砖。这时前面青砖上用清水写的字迹已经被风吹干了，小润生就提着水桶，又从第一块青砖开始再写一遍。

日积月累，那些青砖的表面都被清水和毛笔摩挲得又黑又亮，生成了类似生铁黝黑发亮的光泽和宣纸厚重托墨的润度。

练书法是一桩枯燥的苦差事。特别是在冬天，小润生的十根手指就像胡萝卜一样被冻得又红又肿，都打不了弯儿。写字时，他冻肿的手指一不小心就会碰在青砖上，破皮了鲜血直流，钻心地疼。

妈妈何娘子时常一边心疼地抹着眼泪，一边用柔软的旧棉布为儿子包扎手上的伤口。

“润生，咱不写了吧。”何娘子说。

“没事的，娘，我不疼。”润生不但眼睛红红的，连鼻子都红红的，晶莹的泪珠在他的眼眶里直打转儿。

何举人让润生在青石砖上练习写毛笔字，并不是因为乐安县不出产纸张，相反，乐安县的手工纸很有名，这是一种叫作“毛边纸”的纸。

早在明朝末年，乐安县民间就出产这种用竹子做成的纸。这种色泽淡黄的纸质地厚实、细腻又松软，托墨性强、吸水性好，很适合用来写书法和绘画。

相传，明朝藏书家毛晋就很喜爱这种手工纸，他专程从江苏常熟来到乐安县大量订购竹纸，并在纸边上盖了一个篆书“毛”字的印章，后来人们就把这种纸称为毛边纸了。

何举人也很喜欢毛边纸，他写字、画画用的都是这种纸，但是给儿子练字大量使用这种纸未免浪费，所以他想出了用青砖练字的方法。每天都这样练字，小润生的字果然写得越来越好了。

这天吃过午饭，润生打算去好友元金宝家玩儿。元金宝是个可怜的孩子，从小没有爹娘，与唱傩戏的外公相依为命。

元金宝整天头发乱蓬蓬的，比润生矮小半个头。一年四季他穿的都是外公的旧衣服，肥大松垮很不合身。为了行动方便，金宝就将衣袖和裤脚都挽起来，那些衣袖和裤腿就在金宝的细胳膊细腿上堆积起一层层的褶子，看上去像一堆旧布挂在了细竹竿上。

好心的润生妈妈有时会找出一两件旧衣服送给金宝，润生的阿公也会时常打几双草鞋让润生送过去。为了表示感谢，金宝的外公在手头宽裕时，总会请润生的阿公到家里喝上两杯堆花酒。两位老人一边喝酒一边闲聊，聊的都是些陈芝麻烂谷子的往事。

润生手里端着阿公用玉米皮编的盘子走出了院门，那盘子上覆着一块用得泛黄的旧笼布，笼布下面是冒着热气的南瓜饼。

每年春天，润生的阿公都会在自家院子的墙角丢下几颗南瓜种子。在和风细雨的照料下，南瓜种子很快会长出顶着嫩绿叶子的纤细小芽儿。小芽儿们长得很快，长到一尺左右就会东倒西歪地趴倒在地上。

这时，阿公会用几根竹子绑上草绳给南瓜藤搭起一个架子，他用架子把南瓜藤引导到不远的院墙上。南瓜秧将一条条藤蔓当作手臂和脚丫，使劲地往土墙上爬呀爬，直到小巴掌一样的绿叶子挂满一整面墙。然后它们安心地趴在墙上晒晒太阳，吹吹暖风，恣意地开出一朵朵黄灿灿的南瓜花。

有时在做饭前，妈妈会到墙角下扯上几把南瓜藤，炒出一碟子绿油油、香喷喷的清炒南瓜藤。馋嘴巴的敏妹子则会趁机摘下一朵金黄的南瓜花，使劲地吮吸花朵深处的几滴蜜。摘南瓜花时一定要背着妈妈，如果给她看到了敏妹子是会挨骂的。

“你这丫头怎么搞的？一朵花就是一个大南瓜，都被你糟蹋了。”妈妈生气地说。其实她说的也不全对，有时南瓜藤上也会开出几朵谎花来。谎花就是那些不能结果的雄花。

敏妹子辩解说：“阿公说谎花只会消耗南瓜秧的养分。”

“你还把阿公抬出来了，那我问你，该怎么区分谎花和真花？”妈妈被她逗笑了。

这下敏妹子说不上来了，她为难地咧嘴笑了笑，扭捏地走开了，她身后跟着寸步不离的小狗来福。

妈妈对着她的背影大声警告：“你莫再摘我的南瓜花了，再让我发现，就把你的手打烂。”

敏妹子不满地小声嘀咕：“又不是你的南瓜花，明明是阿公种的嘛。”

秋天到了，那些繁茂的枝叶下竟然结出了二十多个大南瓜，有长的，有圆的，南瓜们被摘下来在厨房里摞成一大堆，一个个圆圆胖胖的像可爱的小娃娃，看着很让人喜欢。这下敏妹子更高兴了，缠着妈妈要吃南瓜饼。

南瓜饼是乐安当地有名的小吃，软糯香甜，老人和孩子都喜欢。做法也简单：将新鲜的南瓜削皮去子，上笼屉蒸；等蒸熟了把南瓜捣烂，加入糯米粉和成一团面；然后揪下一小块面搓圆，用手拍成饼状就行了。把做好的南瓜饼放在太阳下晒干了，可以当零食吃，还是一道可口的下酒菜呢。

做早餐时，妈妈煎了一些南瓜饼，她让润生给金宝和他外公送去一些。金宝家离润生家不远，穿过两条巷子就到了。

金宝住在一座小院子里，这座院子还是他外公在东湖村当滚傩神领班时买下的。

两年前，金宝爷孙从东湖村搬到了乐安县城。

金宝的外公姓杨，曾是东湖村滚傩神的“先生”。乐安县的傩舞分为三派，数滚傩神的历史最悠久，据说已经流传了上千年。

滚傩神的领班被当地人称为“先生”，一代人只有一位“先生”，在这位“先生”去世后，才能另选接班人。

三年前，金宝的外公在一次傩戏表演时摔断了腿，无法再演傩戏了。他破例将领班的职位提前传给了金宝的舅舅，自己则带着外孙定居到了乐安县城。

跟润生的阿公不同，金宝的外公是个少言寡语的老人。他总是穿着一身黑色的布衣，脸也是黑乎乎的，眉毛、眼角和嘴角像是被谁用手向下用力地抹了一把，都是向下的走势，却有一种不怒自威的庄重感。

虽然金宝外公不爱说话，但他一喝酒话就长了。他会从傩戏的起源，到他们这个家族的发展详细地讲述一遍。他告诉金宝，杨家不是乐安的土著，他们是从甘肃辗转迁徙来的。

小金宝先是恭敬地听着，听着听着他的上下眼皮就打起架来，支撑不住了就枕着双臂趴在旧木桌的一角。

见金宝困成这样，外公叹气说："孺子不可教也，回屋睡去吧。"

金宝这时就像得到"大赦"一样，揉着眼睛一溜烟地跑掉了。

说来也怪，跑回自己房间的金宝又会变得无比清醒。他会精神抖擞地坐在书桌前画很长时间的漫画，直到外公进来催促他熄灯睡觉为止。

咱俩也去写标语

来到金宝家的院门前，润生看见暗红色的大门虚掩着，他轻轻地推开门走了进去。

一进院子，润生就看到金宝的外公身穿黑衣黑裤，坐在一张旧藤椅上抽着旱烟，金宝面对着外公，背对着大门在练习傩戏。金宝时而手持马枪，时而空手，不住地踢腿蹲裆、拂脸甩手。

润生听阿公说，从清朝起乐安就有这种以鸡嘴神和猪嘴神"驱傩"的活动。凡是发生了瘟疫的地方，人们就到东湖村去请"滚傩神"逐疫。傩戏是一种原始又神秘的舞蹈，包含棍杵、弓箭、掌诀、剑诀等招式，并且这些招式都有着特定的驱邪意义。

金宝的外公举起长柄烟袋做了一个"停"的手势，他提醒道："金宝，你的手上一比画，脚下就跳乱了，而且身子乱晃，你把这段重新跳一遍。"

见外公摆手势喊了"停"，金宝就直起腰杆用力喘着粗气，胡乱地抹了一把脸上的汗说："好的，外公。"接着，金宝就又举着马枪有板有眼地比画起来。那杆马枪比他的胳膊还要粗一圈，而且很长，金宝舞着有些吃力，他跳着跳着腿就发软，打了个趔趄，差点儿摔倒。

这时，金宝的外公抬眼看到了端着盘子的润生，招呼道："润生来了。"

润生越过金宝走上前，把盘子双手递给金宝的外公，说："我妈做了一些南瓜饼，让我送过来。"

金宝早已将那杆马枪插在一旁的刀枪架子上了，他亲热地揽着润生的肩膀说："你一进院子，我就闻到香喷喷的味道了。"他还夸张地使劲吸着鼻子。

金宝比润生矮了半个头，他揽着润生的肩膀有些吃力，润生被他坠得弯下了腰，像要被他拽倒了一样。

润生笑着说："你快洗洗手吃吧，今年的南瓜又甜又糯，可香了。我妈说你们喜欢，过几天再做一些送来。"

金宝的外公笑着点头说："替我们谢谢你妈妈。"

金宝看到润生来了有一种发自内心的欢喜，他既喜欢跟润生玩儿，又可以借机不用再练傩戏了。

滚傩神历来只在杨氏家族里传承，世代相袭。金宝的外公是从父亲那里学的技艺，他也传给了长子。金宝虽然是他的外孙，但是不姓杨，按说外姓人是没有资格学傩戏的，可外公为了让金宝今后能有一门糊口的技艺，便也教他傩戏。

一来是金宝的外公摔坏了腿，无法演傩戏了，二来是他跟长子已经交涉好了，等金宝学会了，就跟着长子一起演傩戏，所以金宝的外公提前将领班的交椅传给了长子。

但是长子提出了一个问题：“金宝姓元，不姓杨，他若演傩戏，岂不是坏了祖宗的‘内部传承’的规矩？”

外公毫不迟疑地说：“那就让这伢子改姓杨吧。”这话一出，元金宝就变成了“杨金宝”。

虽然改叫“杨金宝”了，但是身为领班的舅舅也不方便亲自教金宝傩戏，于是外公带着金宝住到了乐安县城。外公一心想让金宝学好傩戏，但是他从没有问过金宝想要干什么。在那个年代，“糊口”是天下第一重要的事情，由不得一个孩子去挑三拣四的。

虽然没有问过金宝想要干什么，但外公也知道他的心愿是学画画。金宝想画的不是中国传统的泼墨画、工笔画、没骨画、白描画，他喜欢的是那种新式的画风，寥寥几笔就能惟妙惟肖地画出一个人物或者故事，这种简洁的画叫作漫画。

金宝在乡下时就喜欢画画，外公家的院墙和地板上都有他用石笔和红土画的画。无论在哪儿，只要有巴掌大的一块空间，金宝就能挥洒自如地“作画”。搬到县城后，金宝进了何举人的学堂读书，在这里他认识了好友润生，也看到了时下流行的丰子恺的《子恺漫画》、叶浅予的漫画《王先生》和张光宇等一批漫画家的作品，这让金宝欣喜地感到他找到了画画的方向。

金宝激动地问润生：“我以后也要像丰子恺和叶浅予那样当个漫画家，你呢？”

润生毫不犹豫地说：“我要像父亲那样当教师，给孩子们启迪智慧。”

他想到了在外地读书的哥哥德生，父亲对哥哥的期望就是去北平读北京大学，回来后当一名教师。

金宝独自住在小院左边的厢房里，两个好朋友有说有笑地走进了他的屋子。金宝笑盈盈地从堆放在书桌上的一摞书里翻出了一张草纸，他把那张泛黄的草纸递给润生，说：“你看看这个。”

草纸上用毛笔画了一个国民党士兵，那士兵衣冠不整，帽子戴得歪歪斜斜，一杆长枪扛在肩膀上，枪尖上还倒吊着两只拍打着翅膀的老母鸡。士兵一手扶着枪，一手举着一壶酒仰头在喝，那酒壶上赫然写着“堆花酒”。

看到画上的那个国民党士兵活灵活现，润生惊讶地说：“你的漫画水平又提高了，外貌画得好像啊，这表情也太传神了！”

金宝拍了拍桌上的书，说：“多谢你借这些书给我看。”那几本书是润生用零花钱买的漫画集。

“这幅画是不是你想象出来的？”润生问。

“不是，前两天我去帮外公买堆花酒，在店铺里看到了几个国民党士兵在抢店里的酒，他们还动手打了上前阻止的伙计，我回来后就画了这幅画。”金宝说。

润生叹气道：“那些国民党士兵也太坏了，我也常见到他们在街上抢劫和打人。”说到这儿，他突然想出了一个好主意，趴在金宝的耳旁说：“不如我们把这幅漫画也像红军的那些标语一样画到墙上去吧。”

金宝很感兴趣地问：“画到哪里的墙上呢？”

润生学着爸爸思考时的样子，伸手一下下捋着想象中的胡子，不慌不忙地说：“这件事情可得从长计议。”

他滑稽的动作把金宝逗得哈哈大笑：“像，你学起你爸来可真像。”

意见达成一致后，两个好朋友头挨着头，商量起该在哪里的墙壁上画这幅漫画了。

乐安县城不大，一炷香的工夫就能在城里的大街小巷走个遍。县城虽然不大，但是“麻雀虽小，五脏俱全”，有县政府、中小学校、卖柴米油盐酱醋茶的各种小店铺，一年前还开了一家电影院呢，再加上县城人家的住宅，所以可写标语的墙壁还挺多的。

金宝想了想，趴在润生耳旁说：“咱们去国民党军营的围墙上画，咋样？”

“哎呀，你别往我耳朵里吹气，太痒痒了。”润生一边躲，一边捂着耳朵呵呵地笑了起来。他反问：“你去国民党军营的墙上画漫画，不怕被他们发现了抓起来吗？你忘了他们把东大街上卖皇历的游老板都抓走了？”两个孩子都想起了前几天在街头看到的那可怕的一幕。

金宝心有余悸地说：“他们说游老板给红军通风报信，用枪托把游老板的头砸得直流血。”

两个孩子沉默了，他们意识到在墙上写革命标语跟在纸上画画不一样，这是一件挺危险的事情。

“咱们还是再想想，不要去那么显眼的地方画吧。”金宝轻声说。

润生不解地问：“可是红军们是怎么写标语的？咋就没有被国民党士兵发现呢？”

金宝说：“或许也有被发现抓住的吧，红军战士们可真勇敢。”

就在润生和金宝为去哪儿写标语、画漫画发愁时，外公已经做好了午饭，他大声叫着金宝：“你快跟润生出来吃饭吧。”

润生嘴里喊着“不饿”，还是被热情的金宝拉到了餐桌前。吃饭前，润生看到金宝外公恭敬地将一碗杂粮饭、一碟菜和一双筷子摆放在了堂屋的一个黑色的牌位前，他还双手合十轻声地念叨了几句，不知在说什么。

见润生好奇地看着外公的一举一动，金宝轻声告诉他：“我外公在拜祭傩戏的祖师爷呢，他每顿饭都要这样拜祭。”

“祖师爷是你的太爷爷吗？”润生问。

金宝露出了茫然的神情，两个孩子的对话被外公听到了。

回到餐桌前，外公说：“我们的祖师爷就是杨家滚傩神的创始人。”

“您见过他吗？”润生小心地问。

“他们都去世上千年了。”外公说。润生和金宝对视了一眼，顽皮地吐了一下舌头。

午饭除了润生送来的一盘子南瓜饼，还有一碟炒青菜和一碗红烧肉。那红烧肉闻着特别香，吃起来肉质细嫩、香甜可口。润生本来不觉得饿，但是因为有这么好吃的红烧肉，他吃下了一碗堆得冒尖的杂粮饭。

金宝也发现润生今天的胃口很好，他问：“你喜欢吃我外公烧的肉吗？”

“这肉太香了！”润生夹了一块放进嘴巴里，满嘴流油，口齿不清地说。

金宝笑着说：“这是我舅舅昨天托人从乡下捎来的新鲜猪肉，正好给你赶上了，还算你有口福。”

“爷爷，这红烧肉是怎么做的？咋这么香呢？”润生问。他虽然不打算学，也知道自己学不会，但还是忍不住发问，在润生看来这是赞扬金宝外公手艺好的一种方式。

听润生问起红烧肉的做法，金宝外公来了精神，夹起一块肉绘声绘色地说：“先把猪肉洗净，切成一寸见方的肉块，再备好花椒、八角和几片香叶，将新鲜的菜籽油烧热，炒好料后将猪肉放进锅里，先用大火炒香，再倒上酱油焖烧。记住，最好是用柴火炖，只需片刻工夫，锅里就‘咕嘟咕嘟’地冒起泡来，那股香喷喷的味道隔着院墙都能闻到。”

“我得记下您的做法，我妈做的红烧肉没有这么好吃，我让她也学学。”润生笑着说。不过他可没有把握说服妈妈将别人的烹饪方法学以致用。

外公好像想起了什么，说：“也可能因为这是花猪肉吧。”

“对，普通的猪肉哪能跟咱们乐安的花猪肉相比呢。”金宝应和道。

当地流传着一句顺口溜：“临川才子金溪书，宜黄戏曲乐安猪。”“乐安猪”就是指乐安县的特产花猪。可惜的是这种花猪个头儿小、长得慢，还不好饲养，乡下养花猪的农户越来越少了。因为花猪肉是当地的特产，妈妈每次去集市上买肉，杀猪的都会炫耀说自己卖的是花猪肉，至于到底是不是花猪肉那就不好说了。

金宝得意地说：“我舅舅家常年养着一群花猪，我们家吃的都是货真价实的花猪肉。”

“下次让他舅舅抓两只花猪送到你家去，让你们一家人都尝尝。”外公豪爽地说。

润生忙摆手说：“别送了，送去我妹也不会让我们吃的。我家那对大白鹅就是别人送给我阿公的下酒菜，我妹死活不让吃，现在大白鹅都跟着小狗来福看家护院了。”

金宝哈哈大笑说：“看来送一对小花猪去你家享福倒是不错。”

在愉快的氛围中吃完了饭，两个孩子又回到金宝的房间里，一边画画，一边商量着该去哪儿写标语。

第二章

花开荼蘼

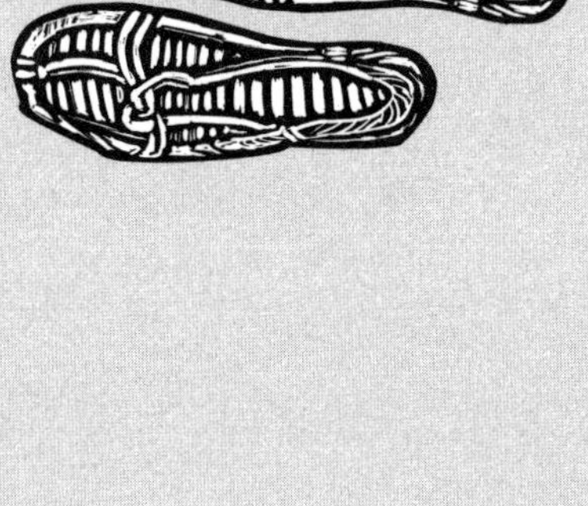

爷爷当了书法老师

在春雨的滋润下，何开阳爷爷家院子里的杜鹃花开得更茂盛更艳丽了。雨滴就像一只只小手，在“滴答滴答”的雨声中，敲开了一朵朵小花蕾的门。待到雨过天晴，杜鹃花们就像从睡梦中被唤醒了一样，红艳艳的一片，看起来可爱极了：有的吐蕊绽放；有的半遮半掩；有的还打着圆鼓鼓的花苞，就像孩子嘟起的小嘴巴。

放学后，何开阳来到了爷爷家，爷爷正坐在院子里喝茶。

不等爷爷问，开阳就乖巧地汇报：“爷爷，我们今天期中考试了，没有家庭作业。”

“辛苦了，快过来喝杯茶吧。”爷爷笑眯眯地说。

何开阳摆手说：“我喝不惯茶，还是喝橙汁吧。”他进屋倒了一杯橙汁，爷孙俩边喝边聊了起来。

爷爷高峰退休前是市日报社的社长，还当过多年的美编部主任。他性格开朗，整天下棋、钓鱼、散步，跟附近的老人相处融洽，没人想到他曾是一位红军战士。

爷爷写得一手好字，每当街道上或者巷子口的文化墙上要写新标语时，社区的工作人员都会来请爷爷把关。

去年市里创建文明城市时，需要在街道墙上醒目的位置写上“富强、民主、文明、和谐，自由、平等、公正、法治，爱国、敬业、诚信、友善”二十四字社会主义核心价值观标语，社区的吴主任还专门来请爷爷坐镇。

“高老，您能帮我们看看这些字咋写比较好看吗？”吴主任掏出一包带着过滤嘴的香烟，满脸堆笑地递给爷爷。

爷爷摆手说：“没问题，但是我抽不惯香烟。”

看社区请来写标语的人行动迟缓，爷爷索性接过他的排笔写了起来。

“老爷子，您写标语不需要打底稿吗？”写标语的人惊讶地问。

爷爷微微一笑，一手拿着稿纸看底稿，一手在雪白的墙壁上写着“富强、民主、文明、和谐，自由、平等……”

爷爷挥洒自如，不一会儿就用漂亮的楷书把二十四字社会主义核心价值观写完了。然后，他换了一支排笔，蘸上一些红色油彩，为这些字勾出了精致的波浪边儿，又在画面的斜上角用墨水和红油彩画了一枝梅花。那一朵朵梅花漂亮又生动，仿佛散发着清香味儿。

围观的群众都鼓掌喝彩。邻居老张说：“高老，您画的梅枝上还缺一只喜鹊呢，喜鹊登梅的寓意多好啊！”

吴主任忙摆手笑着说：“这个宣传版面已经设计得很精彩了，就别为难老爷子了。”

爷爷扭头看向老张，笑着说：“老张的建议不错，值得考虑。”

他看了一眼地上摆放的墨水和油彩说："没有藏蓝色的颜料，那我就画只水墨喜鹊吧。本来喜鹊就跟咱们的国宝大熊猫一样，是黑白两色的嘛。"说着，他就用蘸着墨水的排笔在那枝梅花上描绘起来。

不一会儿，一只体态轻盈、双眸有神的喜鹊，就神气活现地站在那枝梅花上了。只见那喜鹊尖尖的嘴巴微微张着，好像正在"叽叽喳喳"地叫呢。

"高老，你画得可真好啊！"邻居老张由衷地赞美着，他还伸出大拇指晃了晃。

爷爷却后退一步上下打量着，摇摇头说："还不够，需要再点缀一下。"说着，他又在左上角画了一只张开翅膀飞翔的喜鹊，笑着说："好事成双嘛，两只喜鹊才合适。"

"老爷子画得太好了。"不知是谁先鼓起了掌，围观的居民都热烈地拍起了巴掌。一个戴眼镜的中年人上前恭敬地将一张白色滚金边儿的名片递给爷爷说："老先生，您真是书画俱佳啊！我是市老年大学的佟校长，想请您给我们老年大学上书法和绘画课，可以吗？"

老张笑着说："你可是找对人了，高老退休前是咱们市日报社的社长，他的书法和画作在省里得过很多奖项，连摄影作品都得过奖呢，你到他家看看就知道了。"

爷爷连连摆手说："我老了，精力有限，不想再抛头露面了。"

几天后，佟校长提着一箱牛奶和一袋水果登门拜访。

那天爷爷不在家，奶奶打开门看到佟校长有些发蒙。佟校长自我介绍了一番，又笑着说："您看起来气质真好，平时喜欢做什么运动吗？"

奶奶把佟校长让进屋里，笑着说："我年轻时喜欢跳国标舞，现在老胳膊老腿跳得少了。”

佟校长说：“老了更需要多运动啊！我们老年大学正好有舞蹈班，教国标舞的王老师还得过省里的国标舞蹈大赛优秀奖呢，来上课的都是慕名而来的。欢迎您也参加。”

聊了一阵子，佟校长还发掘出了奶奶的其他特长，比如朗诵、写作和唱歌。两个人聊得正欢，爷爷回来了。看到佟校长，他也有些发蒙，一时想不起他是谁。

还是奶奶帮忙做了介绍，爷爷这才想起来。“我说过的，不想去老年大学当老师。”他摆手说。

奶奶说：“如果我也上老年大学呢？咱们一起去吧，你当你的老师，我做我的学生，一起学习进步，比在家里无所事事强得多。”她对一旁笑呵呵的佟校长挤挤眼睛说：“佟校长，你先忙吧。我要给这个倔老头做做思想工作，革命年代生活那么艰苦，他都当老师教了很多人写标语、画漫画，现在解放了，当然可以教教咱们热爱书法和画画的老年朋友了。”

佟校长被奶奶送到大门口，还不放心地问：“高老是不是脾气很倔？”

“放心吧，下周一我会陪着老高准时到校。”奶奶很有把握地说。

佟校长心领神会地呵呵笑了起来，他边走边感慨：“‘用兵之道，攻心为上，攻城为下。心战为上，兵战为下。’古人真是有谋略啊！”虽然古人有谋略，但是自己今天活学活用的这招也很妙。想到这里，他得意地哼起了京剧《定军山》中黄忠的唱段：

师爷说话言太差，不由黄忠怒气发。

一十三岁习弓马，威名镇守在长沙。

自从归顺了皇叔爷的驾，

匹马单刀我取过了巫峡。

斩关夺寨功劳大，

军师爷不信在功劳簿上查一查。

…………

在奶奶的促成下，爷爷果然当上了老年大学的书法和绘画老师。

从那时起，很多满头白发的老学生都来登门拜访，给爷爷送来了珍藏的字帖、文房四宝和各种画册。爷爷认识了很多新朋友，生活也更加有滋有味了，所以他倒也乐在其中。

趁何开阳和爷爷聊天的工夫，奶奶摘了一大捧杜鹃花泡茶，那汤色黄亮澄澈，看着很清爽。奶奶还拿来了两个透明玻璃杯，她给爷爷和开阳各倒了一杯说："你们聊了大半天了，口渴了吧？来尝尝我的杜鹃花茶。"

开阳捧起杯子喝了一大口，咂巴咂巴嘴说："这茶倒是有点儿清香味儿，可就是淡了些，应该再煮一煮。"

爷爷听了笑着说："你没喝过几口好茶，就胡乱评说。花茶就是这样淡淡的，透着花的清香。"

奶奶满意地点点头说："还是老头子懂行，这杜鹃花茶不但口感清甜，还能止咳、祛痰，像你这种有慢性支气管炎的'老烟枪'喝这种茶最好了。"

何开阳问："我又不抽烟，喝这种花茶有啥好处呢？"

奶奶笑着说："长期喝杜鹃花茶，可以使皮肤细嫩、面色红润，你喝不喝呢？”

何开阳潇洒地甩了一下想象中的头发说：“你们喝吧，我已经够帅了，再帅就没朋友了。”

除了当茶饮，奶奶还摘了一些杜鹃花放进笼屉蒸熟了，拿出来撒上白砂糖腌制两天，然后放在太阳底下晒干，就做成了一道美味的零食——杜鹃花脯。那杜鹃花脯看起来粉粉嫩嫩的，吃起来软糯酸甜、口齿留香。

“杜鹃花脯比杜鹃花茶可口多了，您把院子里的杜鹃花都做成花脯吧。”何开阳说。

爷爷笑着说：“你奶奶这样食不厌精，脍不厌细，就要变成神仙了。我小时候可没这玩意吃。”说着他也拈起了一块花脯放进嘴里细细咀嚼起来，但是他不喜欢吃甜食，微微蹙了一下眉头。

何开阳突然想起上次听爷爷讲自己儿时的故事。他追问：“您和金宝爷爷最后找到画漫画的墙壁了吗？”

“找到了，不但找到了，我们还找到了红军。”爷爷怔怔地看着院子里那一丛鲜艳的杜鹃花，好像看着那段遥远的岁月。

阿公的手真巧

腌菜干是乐安县当地人最爱吃的一道家常土菜，也就是人们常说的霉干菜。腌菜干色泽油光黄黑，闻起来香味扑鼻，既能解暑热，又能消积食，还能治疗咳嗽。

农历三至四月，菜园子里的芥菜都抽薹了，是腌制霉干菜的好时节。这时节乐安县家家户户的女人们都忙碌起来了，城里青翠一片，这一摊那一摊到处都晾晒着霉干菜。做霉干菜的原料大都来自附近的村庄，当芥菜长到了大拇指粗细，顶梢上还带黄色的小花蕾时，主妇们便会摘下那鲜嫩的菜心，留五寸左右，将它们清洗、晾挂在院子里绷好的一根根麻绳上。

几天后，待菜叶子变软时，把芥菜放进大木盆里，撒上盐巴，用双手揉搓，待渗出一些绿色汁液时，便装入瓦缸里，码放一层芥菜撒上一层细盐，装满后用芥菜叶或者竹笋壳把缸口封严。

半个月后，主妇们就取出芥菜，晒干装坛。这时的芥菜已经变成了色泽金黄、咸酸味甘的霉干菜了。除了芥菜，雪里蕻、油菜和小白菜也是制作霉干菜的好原料。

在县城一座青砖墙的院落里，何举人的妻子何娘子将一头乌黑浓密的青丝用一根镶着南红玛瑙的乌木发簪绾在了脑后。她身着一件家常的藏蓝色蜡染对襟薄衫，外面罩着一件洗得泛白的绣着折枝梅花的黑色围裙，没有裹过的天足穿着一双手纳的千层尖头黑布鞋。她端着大笸箕穿行在院子里，那笸箕里盛放的是切成一寸左右的霉干菜。

何举人家的院子大且敞亮，院里的地上整齐铺放着两百块青砖。每天早上，这些青砖都是小儿子润生练毛笔字的“黑板”，这时候它们又成了晾晒霉干菜最好的场地。大笸箕架起来晾晒，通风透气不着地，干得快。

何娘子有个好听的名字，叫作杜鹃。她三十出头，虽说生养了两个儿子和一个女儿，却还脸盘圆润，皮肤白皙，腰肢纤细修长，长着一双水汪汪的杏仁眼。她性格温柔，说起话来总是一副笑模样，一笑就用手背挡着嘴巴，羞涩中带着几分知书达理的婉约，看着不像挑家过日子的小媳妇，倒像是个还未出闺阁的大姑娘。

何娘子不但性格好，手脚还勤快利落，她把这座院子打扫得一尘不染，连一片杂草叶都没有。哪怕是家里每天做饭炒菜的锅台沿儿上，用手一抹都没有一丝油污。

何家老小都喜欢吃霉干菜，每年初秋何娘子都会腌制很多，等到家里来了客人或者过节，好用来做霉干菜扣肉、霉干菜炖笋干、霉干菜包子、霉干菜烧鸡、霉干菜薄饼，无论怎么做都可口。给大儿子德生碗里夹上一筷子霉干菜，他就能吃下一大碗红米饭。

此时，何娘子在小儿子润生的协助下，在院子和屋子间进进出出地忙着晾晒霉干菜。她耳朵上两个翠绿的耳坠摇摇晃晃的，很是醒目。那对翡翠耳坠还是当年何举人娶杜鹃时下的聘礼。何举人精心挑选了一块上好的翡翠，请当地有名的银楼“忆金堂”的老师傅将它雕琢成了一对美丽的杜鹃花耳坠。

老师傅做好了耳坠，对何举人说：“这对翡翠耳坠玉质和雕工都是顶级的，可以当作你们老何家的传家宝了。”

何娘子很喜欢这对翡翠耳坠，天天戴着，从不轻易摘下来。

何娘子母子忙碌的身影，吸引了扎着两根小辫子、穿着对襟花布衫、脖子上戴着银链子的小女儿——五岁的敏妹子。她也跟出跟进，活像一条小尾巴。

按照敏妹子的说法，她是在给妈妈“帮忙”呢，但她不是撞倒了晾晒霉干菜的大笸箕，就是踩到了卧在院里打盹的小土狗来福的尾巴，惹得来福不满地冲她“汪汪”大叫了几声；再不然就把院里散步的大白鹅夫妻撵得团团转，它们边跑还边“昂昂昂”地大叫着；最后她一脚踢到了一块青石砖，把脚上的旧布鞋尖尖踢破了，露出了两个探头探脑的大脚趾，疼得她眼泪汪汪地抱着何娘子的腿不肯撒手。

润生不满地说：“敏妹子，你就不要在这儿‘铁匠铺里泼水——帮倒忙’了。”

敏妹子冲着哥哥做了个大鬼脸，说：“就不，我要帮阿妈晒霉干菜呢。”

何娘子将端着的大筲箕放在腰上靠稳了，抬手把滑落到鬓边的一绺儿头发拢在耳后，她抚摸着女儿的小辫子，说：“敏妹子，你莫要在这里碍手碍脚的。你去后院看阿公打草鞋吧，等忙完这一阵，阿妈就带你去看社火。”

敏妹子仰起苹果一样胖乎乎的小脸，笑嘻嘻地问：“阿妈，你不需要我帮忙吗？”

何娘子笑着说：“阿妈需要帮忙时会叫你的，快去吧。”

“咱们去看社火，还要给我买一包麦芽糖。”敏妹子趁机提出了一个要求。

“要得，要得。”何娘子扒拉着大筲箕里的菜干，头也不抬地答应着。

“我还要吃藕丝糖和金橘饼呢。”敏妹子吞着口水说。

何娘子问：“吃这么多甜食，你不怕牙疼吗？”

“不，我不怕。”敏妹子说着往后院走去，小土狗来福也摇着尾巴跟在她身后跑了。看着女儿摇摇晃晃地走远了，何娘子才松了口气。

润生忍不住笑着说：“这小家伙的要求还挺多。”

那几年，乐安县老百姓的日子都过得不太平，一会儿国民政府加收赋税，一会儿抓人服兵役，一会又跟红军打起仗来。打仗受害的都是老百姓，原本很便宜的芥菜、雪里蕻、油菜和小白菜，都比往年贵了两三倍。

每年腌制霉干菜，何娘子都要给嫁到山里的小妹送一些，今年花了一样多的钱买菜，才买了往年三分之一的量。

见何举人踱着步子来到院子里，何娘子忍不住走过去跟他抱怨了几句。

何举人却笑着安慰说："在这种兵荒马乱的年头有饭吃就可以了，芥菜便宜你就多腌些，贵了咱们就少吃些，不必那么讲究。"

"吃个霉干菜叫啥讲究？别看你学问高，我从小跟着娘学着精打细算过日子，比你懂得持家。"何娘子的语速快且情绪有些激动，她耳朵上两个绿翡翠坠子就像荡秋千一样摇晃起来。

这时，何娘子想到丈夫学堂里的孩子们很多都因为打仗辍学了，说不定要不了多久学堂都有关闭的可能，那时候吃饭可能真的成问题，她就忍不住叹了口气。

"你莫叹气，越是叹气运势越不好。"何举人笑着说。

何娘子听了咬着嘴唇没有再说话，她眨了一下乌黑的大眼睛，一掀门帘进了屋子。

看着何娘子的背影，何举人知道她不高兴了，不禁后悔自己刚才说话有些急躁。

这时，他看到小儿子坐在一旁翻看着一张花花绿绿的纸，他知道那是从街上捡到的传单，最近经常有人发这种东西。于是何举人问："润生，你最近读书可有什么心得？"

猛然被父亲问到学习上的事情，润生有点儿局促，站起身说："我最近在读《史记·陈涉世家》。‘陈涉太息曰：“嗟乎！燕雀安知鸿鹄之志哉！”’”

何举人饶有兴趣地问：“那我敢问，阁下的鸿鹄之志是什么？”

润生不知想到了什么，他的脸一下子红了。见父亲目不转睛地看着自己，润生迟疑了一下，又深吸了一口气，像下了很大决心似的说：“当桀、纣无道时，汤、武就起而征伐。周道衰微，礼崩乐坏时，孔子作《春秋》，以明是非。秦政暴虐，陈涉就首先发难，然后诸侯继起，像风起云涌一样，终于灭掉了秦朝。现在的国民政府不仁，我相信共产党必定会取而代之。”

何举人一听脸色大变，他斥责道：“小小年纪，谁允许你看这些乱七八糟的东西，谁又允许你胡说八道的？从今往后给我用功读《论语》，休要再胡思乱想了。”

说完，他生气地离开了，只留下满脸通红的润生站在那里不知所措。润生站了一阵，就去后院找阿公了。

何娘子穿过堂屋来到后院，看到阿公正坐在石桌前编结着什么，那些金黄的稻草、玉米叶子和蒲苇在他粗糙的大手掌里灵活地翻飞着，女儿敏妹子则坐在桌子前，双手托腮目不转睛地看着，那张旧石桌上放着一双编好的草鞋。

不一会儿，阿公笑着将手里的草编递给小孙女，说：“这个，给你。”

原来阿公用玉米叶子编了一只长耳朵、短尾巴、三瓣儿嘴巴的小兔子，那小兔子的两只前爪还捧着一根用金黄色稻草编成的小胡萝卜呢。更妙的是阿公从何举人的书房里找了一小盒朱砂印泥，他用毛笔蘸了印泥点在小兔子的眼睛和嘴巴上，小兔子瞬间像被注入了精气神，睁开了一双好奇的红眼睛。

“哇，好漂亮的小兔子！”敏妹子发出了一声欢呼。

敏妹子把阿公编的小兔子递给何娘子，何娘子也爱不释手。

“老爹，你的草编手艺太高了，真是编啥像啥。”何娘子笑着说。她想起了家里的草席、草扇、草帽、几个蒲团和一家人夏天穿的草鞋。

受到夸赞的阿公开心得像个孩子，脸上纵横交错的皱纹都堆积到了一起，把一双狭长的眼睛挤成了细细的两条缝。慈祥而睿智的光芒从那双狭长的眼缝里露出来。

敏妹子举着草编兔子，歪着小脑袋问：“纳公，天黑了小兔子住哪儿呢？”她吐字不清，总是把“阿”说成“纳”。

“你说呢？”阿公笑着问。

“大白鹅夫妻有窝棚，来福也有个狗窝，小兔子也该有个窝吧。”敏妹子笑着说。

阿公听了停下手里的活计，认真想了一下，说：“是啊，该给小兔子也编个草窝窝。”

何娘子阻止说：“敏妹子，你别缠着阿公编这编那了，他已经够累了。”

阿公笑着摆手说：“没事的，敏妹子乖，阿公这就编个窝给小兔子住。”

润生也凑了过来，两个孩子围着阿公，看他把那些稻草、麦秸、玉米秸像变魔术一样，不一会儿就变成了一个精致可爱的小草窝。细心的阿公还在窝里给小兔子编了一个小小的蒲苇垫子。

“阿公编得太棒了！”敏妹子高兴得蹦蹦跳跳直拍手。她把那只草编的小兔子小心地放进窝里的蒲苇垫子上，说：“兔宝宝，你打个盹，阿妈

去给你扯一些青草来吃。”

“怎么你养兔子，倒叫阿妈去拔草？”润生不解地问。

谁知敏妹子脸蛋红彤彤的，羞涩地说：“不是啦，小兔子的阿妈就是我啦。”

“哈哈哈！”阿公和润生都放声大笑起来。敏妹子更加不好意思了，忙解释说：“说错了，说错了，我不是阿妈，是姐姐。小兔子应该叫我姐姐。”

阿妈听了也忍不住笑了起来，她亲昵地捏了捏敏妹子的小胖脸说：“笨丫头，你不会说话就不要乱说了。”

阿公却维护孙女说：“谁说的，咱们敏妹子的小嘴巴巧得很，跟八哥一样巧呢。”

敏妹子也捂着嘴巴呵呵地憨笑起来，头上的两条小辫子跟着微微抖动着，可爱极了。

小战士学编草鞋

何润生的阿公今年八十三岁了，老人家有着一手高超的草编技艺。

年轻时，阿公在县城里开了一间草编店。这位勤劳的老人利用随处可见的稻草、麦秸、玉米秸制作了各种各样的生活用品，这些物品不但物美价廉，而且很适应南方炎热潮湿的气候，所以很受当地人的欢迎。

当年阿公用他微薄的草编收入，不但养活了一家五口，还供养儿子何锦章读了私塾，参加了乡试考取了举人。可惜的是何锦章成了清末最后一批举人之一，没有走上仕途，他就在县城里开了一间学堂养家糊口。

如今这位操劳了一辈子的可敬老人已卸下了养家的重担，正安享晚年。但是闲不住的阿公还经常会接草编店里的一些活计，编些草鞋、草席和草扇啥的贴补家用。

在江西，人们用稻草编织草鞋，俗称打草鞋。这种草鞋没有鞋帮，只是在底上固定了绳扣，将草绳穿过绳扣绑在脚上，穿着轻便、防水又防滑，很适合行走和攀爬。当地的男女老幼都喜欢穿这种轻便又结实的草鞋。

前一阵子，阿公接了草编店刘老板的一项活计——教几个小伙子打草鞋。

这天吃过午饭，阿公背起装着编草鞋用的工具的粗布袋，拄着拐杖准备出门。

正在厨房忙碌的何娘子走出来，关心地问："阿公，你的腿有风湿，独自出门能行吗？"

"我好着呢。"阿公憨厚地笑着说。

润生接了一桶清水，提到院子里拿着毛笔正要练字。最近润生练字很用功，从前只是清晨起来练，现在是只要有时间就会练。

他听到妈妈和阿公的话，忙说："我陪阿公去刘老板那儿吧，阿公跟刘老板结账的时候，我还可以帮忙算账。"

阿公笑着问："你不是要练字吗？"

"早上已经练过了，现在不练也没关系。"润生说。

何娘子说："那我就把阿公托付给你了。"

"放心吧，阿妈。"润生挺起小胸脯，像个男子汉一样响亮地回答。

爷孙俩一起出了门，润生背着阿公的粗布袋，阿公将右手搭在润生的肩膀上，高矮正合适，比拄拐杖还方便。他们边走边闲聊，阿公很喜欢跟这个机灵又懂事的小孙子聊天。

走到巷子口，阿公看到一侧的砖石墙上用墨水写着“实行土地革命”和“打倒国民党军阀”的标语，旁边还画了一幅戴着军帽的老鼠的漫画。

阿公说：“前两天我路过这里，还没见到有这些标语和漫画，这是啥时候写的？”

润生也吃惊地说：“看来红军就潜伏在咱们身边。”

阿公提醒他：“润生，你莫要那么大声，要是别人听到了把你告到官府，可就麻烦了。”润生捂着嘴巴点点头，但是他眼睛里一点儿都没有害怕的神情，反而显得挺开心的。

阿公边走边轻声问：“你知道啥是土地革命吗？”

润生毫不迟疑地说：“就是红军领导农民‘打土豪、分田地’，让农民翻身得解放。”看阿公露出不解的神情，润生解释说：“‘打土豪、分田地’，就是把地主的土地都分给农民，这样我山里的小姨家就能分到土地了。”

“你爸妈万万不会跟你说这些的，你都是听谁说的？”阿公吃惊地问。

润生欲言又止，想了想，问：“阿公，你觉得咱们的日子过得好吗？”

阿公摇头说：“当然不好了，只是勉强糊口，你阿妈前两天不是还在抱怨如今做腌菜干的芥菜和雪里蕻都涨价了吗？”

润生听了压低声音说：“等到红军胜利的那天，我阿爸就可以去学校教书了，您也不用这么辛苦地干活了，我阿妈想做多少腌菜干都可以。”

末了，他又说了一句：“孩子们都可以进学校读书，连水伢子和土伢子都可以。”

水伢子跟润生住在同一条巷子里，他是个没有爹娘的可怜孩子，他还有个弟弟叫土伢子。两个孩子每天提着破筐子到处捡破烂卖钱，他俩跟着给人当保姆的奶奶生活。水伢子家时常会得到好心的润生妈妈接济。

阿公知道润生跟哥哥德生都是聪明又机灵的孩子，润生的这番见解虽然自己没完全听懂，但听起来总归是件好事情。

一想到很多人在拼死拼活地干活还时常吃不饱饭，阿公叹气说："如果真的有那么一天就好了。"

说话间，爷孙俩来到一家店铺前，那家店铺的招牌上红底蓝字写着"刘记草编店"几个大字。

正在给一位大婶介绍草鞋的刘老板，一看到润生阿公就满脸堆笑地说："何老爹，您来了！我还想派个小伙计去接您呢。"

阿公笑着点点头，刘老板让身旁的一个小伙计带着他们绕过柜台，走去了后院，后院有三间青砖瓦房。小伙计掀开门帘做了个"请"的手势，把阿公和润生让进了堂屋。西厢房里有四个小伙子，他们正凑在一起热烈地讨论着什么。见阿公扶着润生的肩膀进来，他们都站起身热情地打招呼。

那是几个外乡人，待人亲切又和善，他们喜欢用一种带着悦耳卷舌的北方口音说话，他们还管阿公叫"何老伯"。

小伙计给阿公端来了一杯滚烫的青茶，阿公接过茶杯坐在一张小木凳上，他一边吹着茶杯里漂浮的茶叶，一边给那几个小伙子讲解如何打草鞋。

润生站在一旁好奇地打量着几个年轻人，一个戴眼镜的小伙子从衣袋里掏出一小块方方正正的透明"石头"，说："小弟弟，这个给你吧。"

润生好奇地接过那块"小石头"，翻来覆去地打量着，不知道这是干什么用的。

戴眼镜的小伙子笑着说："这是块冰糖，可甜了！你快吃吧！"怕润生听不懂，他还指了指自己的嘴巴。

润生迟疑了一下，小心地把那块"小石头"放进了嘴里，一股清凉甘甜的味道瞬间在他的舌尖散发开来。那是一种有活力的甘甜，好像无数的小手在润生的味蕾上轻轻地搔着痒。甜味儿随着唾液流进了他的嗓子里，有的还跑到了他的胃里，感觉奇妙又舒畅。

润生还是第一次吃这种透明的小糖块儿，他很想吐在手心里仔细地看一看，但是又怕那个年轻人笑话，只得忍住。

还没吃完嘴里的糖，润生的注意力就被阿公编织的草鞋吸引了，他像小猫一样乖巧地蹲在阿公脚旁，看他教那些年轻人打草鞋。

阿公先从用料开始教，他告诉他们打草鞋最好用糯米谷子的稻草，这种稻草长且韧性好。打草鞋时，要先将稻草搓成草绳来制作草鞋的筋和攀，还要在腰上拴一个"草鞋压"。固定好草鞋耙后，用草绳反复地从中穿梭，将草绳慢慢地编织成一双草鞋。在编织过程中，为了不让草鞋松散，还需要用一种叫"野人手"的工具夹紧。

阿公一边讲解，一边手把手地教一个长着娃娃脸的小伙子如何使用草鞋耙。草鞋耙是打草鞋必不可少的工具。它是一个木头架子，前面的粗横木上有七个齿：中间是一个长齿，两边各有三个小齿。

娃娃脸小伙子举起草鞋耙笑着说："小时候我也常见大人们打草鞋，那时候我就想，这草鞋耙如果加上一个长把手，就变成天蓬元帅猪八戒的钉耙了。"

他的话把大家都逗笑了，连阿公和润生也忍不住笑了起来。

阿公笑着问："听你的口音，你也是咱们江西人？"

戴眼镜的小伙子介绍说："小吴是你们的老表，老家就在井冈山。"

一个留着小平头的高个儿小伙子大声地问："何老伯，您看我打的这只草鞋，咋看着不像鞋呢？"

阿公看了看，笑着说："俗话说'草鞋无样，边打边像'，你继续打下去，它就会变成一只草鞋。"说着，阿公接过那个小伙子手里的几根草绳和稻草，继续打了起来。

果然，那些稻草在阿公枯树枝般粗糙的大手中，慢慢地"长"出了鞋子的形状，最后像变魔术一样变成了一只黄灿灿的草鞋。

"好了，来，试试合脚不。"阿公笑眯眯地一边说一边在编好的草鞋上穿了一根草绳。他让小伙子把草鞋穿在脚上，将那根草绳系在了小伙子的脚踝上。

小伙子兴奋地把穿着新草鞋的脚高高翘起来，说："真是太神奇了！"

在阿公的悉心教导下，又过了一炷香的工夫，留着小平头的小伙子也成功地打出了一只像模像样的草鞋，其他年轻人也都打得很像那么回事了。

大家正有说有笑地交流着怎么打出更结实、更舒适的草鞋时，蜡染布门帘被掀开了，一个穿着灰蓝色上衣、灰色裤子，系着绑腿的中年男子走了进来。

看见男子走进来，几个小伙子都站了起来，娃娃脸小伙子两眼冒光，兴奋地说："哎呀，是陈军长来了。"

小平头和戴眼镜的小伙子都提醒他："小吴，这里还有外人，不能暴露首长的身份。”

娃娃脸小伙子意识到自己说错话了，小圆脸一下子红到脖子根了，就像一个红彤彤的大苹果。

小伙子局促地扒拉着乱蓬蓬的头发，结结巴巴地说：“对……对不起陈……呃，陈……是我太冒失了。”说完，他紧张地看着中年男子，又扭头用求助的目光看向阿公。

虽然不认识那个男子，但是看到几个年轻人都站起来了，阿公也搓着手，满脸堆笑地站了起来。润生看着那个中年男子，激动得脸都红了，他站在阿公身旁，一伸手拽住了阿公的一根袖管。

阿公还是第一次见到传说中的红军的首长，他只见过国民党长官是怎么殴打和欺负百姓的。受到娃娃脸小伙子的感染，阿公颤抖地说：“首……首长，我们这就走，我年纪大了，决不会在外面胡说的，还请您高抬贵手。”他说着，不住地给陈军长作揖求饶。

原来进来的人正是红军军长陈其安。陈军长看到几个年轻士兵和何阿公的反应，上前双手握着阿公的手，说：“您千万别这样，我受不起啊！”

他用炯炯有神的眼睛看着阿公，说：“老人家，您就是刘老板请来的草编工程师吧？”

阿公说：“首长，求求您放我们爷孙回家吧，我们还有一大家子人，我们都是老实人。”

看到满头白发的阿公穿着破旧的粗布衫，还把小孙子挡在了自己的身后，陈军长皱眉说：“看来这里的老百姓真是被国民党害苦了。”

陈军长拉着阿公在一张木椅上坐下，亲热地拍拍阿公粗糙的手，用一口四川话亲切地说："老人家，您千万别害怕，红军是人民的军队，我们都是人民的子弟兵，我不怕您知道我。"

阿公还在发蒙就被那个男子紧紧地握住了手，一股暖流从男子厚实的双手上流淌过来，一直流到阿公的心底。阿公看着男子亲切的笑容，不由得心头一热。

见陈军长如此平易近人，几个年轻士兵也都松了口气。不等阿公说什么，留着平头的小伙子就"啪"地行了个军礼，说："报告陈军长，这位何老伯是打草鞋的工程师，还是一位'高级工程师'呢。"

陈军长握着阿公的手用力摇晃了两下，说："好啊，早就听说乐安县有一个手艺人打草鞋的水平一流，原来就是您啊。"他说着还冲阿公竖起了大拇指。

阿公年轻时开过草编店，跟形形色色的人打过交道，也算是一个见过世面的老人。他想起在县城的一些院墙上经常看到"勇敢坚决的工农当红军去"的标语，而且听说过红军对老百姓很好很亲切。虽然不认识陈军长，但阿公这下相信红军都是好人了，他像个孩子一样好奇地问："我看我们这儿的国民党军官都穿皮鞋，你们红军为啥要士兵学着打草鞋？难道红军士兵都要穿草鞋吗？"

陈军长听了，爽朗地笑着说："何爹爹，穿草鞋可是咱们自古以来的习惯啊！草鞋既轻便透气，又防滑。老百姓穿上草鞋，不管是下地干活，还是上山砍柴，都舒服啊！"

说着，他抬起了一只脚，阿公吃惊地看到他的脚上赫然穿着一双半新不旧的草鞋。又仔细看了一眼，阿公就更吃惊了，激动地说："这……这双草鞋还是我打的呢！”

因为那草鞋用的是阿公独特的编结方式。善良的老阿公希望穿上自己打的草鞋的人，都能事事顺心、万事如意。

陈军长赞许地说：“何爹爹，您草鞋打得好啊，穿您打的草鞋比穿皮鞋和靴子都舒服。”

这时，陈军长注意到了阿公身旁的润生，微笑着点头对润生说：“原来你是何老伯的孙子，你哥哥德生还好吗？”

阿公听了，吃惊地看看陈军长，又看看润生，问：“你们认识吗？”

润生红着脸对阿公说：“我们见过面，但我也才知道他是红军军长，改天我再细说给您听吧。”

阿公还想再说什么，那个戴眼镜的年轻人拿着编了一半儿的草鞋来请教他，打断了爷孙俩的交谈。

阿公一边教戴眼镜的年轻人打草鞋，一边好奇地问：“你们只管穿草鞋就好了，为啥还要跟我学打草鞋呢？”

陈军长语重心长地说：“我们红军条件艰苦，缺衣少食，也没有啥好鞋可穿。所以我们要一边行军打仗跟敌人做斗争，一边就地取材想办法编草鞋给大家穿。”

留小平头的小伙子说：“对，我们要好好学习编草鞋的技能。”

“说得好，这叫作‘脚穿草鞋跟党走，刀山火海不回头’。”陈军长点头微笑着说。

阿公被他们真挚的语言感动了，不住地点头说：“好，我一定好好教你们，让你们人人都能打出一手好草鞋。”打草鞋的技术就这样成了红军战士们的必备技能，草鞋也成了红军战士们的“标配”。

阿公没想到的是，1934 年 10 月，孙子润生和战友们就是穿着新草鞋，开始了举世闻名的二万五千里长征。

这支穿草鞋的军队推翻了帝国主义、封建主义、官僚资本主义三座大山，建立起了一个闪耀在东方的崭新的中国。

何开阳的烦恼

听爷爷讲完了那段往事，何开阳用手背碰触了一下爷爷面前的那杯杜鹃花茶，发现水已经凉了。他重新倒了一杯，放在爷爷面前，说：“您喝这杯吧。”

何开阳这回明白了，为啥爷爷夏天喜欢穿草鞋，还常请邻居张爷爷帮自己从老家带几双草鞋回来。何开阳穿不惯草鞋：光着脚穿挺磨脚的，不一会儿脚上就起泡了；穿着袜子看起来又怪怪的，而且袜子容易挂丝。

何开阳好奇地问：“您也会编草鞋吗？”

爷爷笑着说：“我很多年没有编了，不过离开家参军后，我穿的草鞋几乎都是自己编的。”

听爷爷讲了这么多的故事，何开阳心里有两个疑问：一个是，他和金宝最后把漫画画在了哪里？另一个是，爷爷当年只是个十一岁的孩子，他是怎么认识陈军长的呢？

何开阳正想问爷爷，奶奶走过来说：“阳伢子，你别缠着爷爷讲这些陈年往事了，他这两晚都没有睡好，需要休息了。”

看到爷爷靠在藤椅上一脸疲惫，何开阳乖巧地站在他身后，双手交替着轻轻地在爷爷肩膀和脖颈上拍打、按摩着。

爷爷笑着拍拍自己微微隆起的肚子，说：“我这里有一肚子战争年代的故事，如果你喜欢听，我慢慢地给你讲。”

“太好了，明天一放学我就来。”何开阳高兴地说。

可惜一切并没有按照何开阳的计划发展。当天晚上回到家，他就知道了自己模仿爸爸的笔迹在那张 65 分的数学试卷上签字的事情被老师发现了。

严厉的田老师打电话给妈妈告了状，还细数了何开阳犯的错误：第一，不思进取，学习态度不端正；第二，弄虚作假，模仿家长签字；第三，没有悔改的想法，在被老师发现后没有写检讨书。

偏偏妈妈的记性特别好，她一五一十地把田老师的话都讲给了爸爸听。爸爸一听气坏了，斥责何开阳：“你身为学生不好好学习，已经够差劲了，居然还弄虚作假欺骗家长和老师。”

爸爸的惩罚是让何开阳面壁思过，他说：“我一天做了五台手术，手累得都举不起来，我懒得打你，你好好反思自己都干了些什么。”

何开阳面壁思过是真正意义上的“面壁”，爸爸让他站在了书房的一面墙前。

“你就这样站着，好好地想想自己都做错了什么。”爸爸用食指狠狠地戳了一下何开阳的脑袋说。爸爸的手看起来白皙纤细，但是经常拿手术刀，很有力气，戳得何开阳脑袋生疼。

面对着书房里的那面墙，何开阳也懊恼地敲了敲自己的脑袋，心想：

我最大的错误就是把老爸的名字写错，被田老师发现了。原来他在模仿爸爸的笔迹签名时，把爸爸的名字“何映夕”写成了“何映歹”，被田老师一眼就发现了。

站了一个多小时，何开阳的双腿又酸又麻，好像有无数的小蚂蚁在腿上欢快地爬着，又像腿上被通了电，有电流嗡嗡作响。开阳捏了一把右腿，居然没有一丝疼痛的感觉，于是他将重心从左脚转移到右脚，换了一个站姿。

“面壁”其实何开阳并不在乎，他盯着雪白墙壁上的几个不规则的小黑点，把它们想象成了一个愤怒的小人儿。他越看越觉得像，就跑去找了一支铅笔，将那些小黑点连成线，果然连成了一个握着拳头在发怒的小人儿。

画得正起劲，冷不防一个声音在身后响起，把何开阳吓得打了一个寒战：“好嘛，我让你面壁思过，你却在这里画娃娃玩儿。”

原来爸爸进来想告诉何开阳惩罚结束了，顺便教育他以后不要弄虚作假了，不承想看到何开阳正在墙上津津有味地乱涂乱画呢。

为了教育何开阳，爸爸命令他以后一放学立刻回家写作业，还拿出辅导书给他布置了很多家庭作业。爸爸完全不管开阳已经气得嘴巴噘到天上了，反正他除了噘嘴巴也不敢有别的表示。

当晚，爸爸打电话把何开阳模仿家长签字和老师告状的事情都告诉了爷爷奶奶。他说：“从现在起要让阳伢子收收心，放学后在家学习，就不去你们那儿了。”

这天课间，杜泽伟站在教室外的走廊上往下张望。他看到副校长和教导主任正陪着何开阳的爷爷在校园的宣传栏前比画着商量什么。

他跑进教室说：“开阳，你快去看看，校长陪着你爷爷在学校里参观呢。你爷爷看着真有风度，就像大学里的教授一样。”

“我爷爷可比大学教授厉害多了。”何开阳撇撇嘴说。

他心想：大学教授能扛枪上战场吗？我爷爷就可以。但是爷爷跟他约定过不要在外面炫耀自己的战斗经历，何开阳也不能多说什么。

杜泽伟用胳膊捣了一下何开阳，说：“俗话说‘虎父无犬子’，你爷爷那么厉害，你咋这么差劲呢？”

“我怎么差劲了？”何开阳不服气地问。

“你学习差劲啊，考试从来都是二十名开外，每次都是勉强及格。”杜泽伟毫不客气地笑着说。

其实杜泽伟的学习成绩跟何开阳不相上下，属于“半斤八两”，但是杜泽伟还真说到了何开阳的痛处。何开阳张张嘴习惯性地想要辩解什么，杜泽伟也饶有兴趣地看着他，想要听他怎么为自己辩解。但是何开阳最后也只是张了张嘴，打了一个响亮的大喷嚏：“阿……阿……嚏！”

“咦，你不是挺能说的吗？想不到也有理屈词穷的一天。”杜泽伟大笑着说。

这下何开阳的脸红了，他其实没有想好该怎么为自己辩解。他俩从上幼儿园起就是好朋友，属于穿开裆裤一起长大的朋友，彼此都知根知底。他第一次为自己学习不好感到羞愧。

“丁零零——”上课铃声响了起来。清脆的铃声倒让他松了一口气，何开阳好像从来没有这么渴望上课。

这节课田老师讲解那份期中数学试卷，何开阳突然也想认真地听一听，看自己到底能不能跟上课程。令他吃惊的是居然有很多内容他听不明白，听不明白就提不起精神，提不起精神就开始走神，他随手拿了一支铅笔在草稿纸上胡乱地画起了圈圈。

一个小纸团砸到他的脑袋上，又落在地上，他弯腰捡起那个纸团，展开后看到了熟悉的笔迹：“你是在听天书吧！”在那行字的后面还画了一个笑脸娃娃。

何开阳看向坐在身后的好友杜泽伟，他也正看向这边，两个男孩目光交会，杜泽伟吐着舌头，双手拉扯着眼皮做了一个大鬼脸，何开阳握紧拳头冲他挥了挥。

这种好朋友间的调侃他们之间经常发生，很多时候何开阳都是一笑了之，但是他一想到不知学校请爷爷来干什么，就有些心虚。

放学后，何开阳不顾爸妈的要求，还是去了爷爷家。

何开阳一进院子，就看见奶奶在收中午晾晒的被褥。她手里拿着一床棉被，还把一床棉被斜披在自己的肩膀上，看着很像一个卖地毯的阿拉伯商人。

何开阳上前从奶奶手里接过一床被子，他的鼻尖贴在被太阳晒得柔软又温暖的被子上，嗅到了一股好闻的“太阳味儿”。这种味道不同于任何香水或者空气清新剂，它好似大雨过后带来的气息，让人心旷神怡。

奶奶几天没见到开阳了，高兴地说：“阳伢子，你爸妈知道你来了吗？”

何开阳一边帮奶奶收拾被褥一边问：“我爷爷呢？”

奶奶笑着说：“他可是个大忙人，今天被一所小学请去帮忙策划学校装修和宣传墙设计，好像叫胜利小学。对了，那不就是你们学校吗？”

何开阳点头说：“我今天在学校里看到爷爷了。校长陪着他参观，我就没有去找他。爷爷还没回来吗？”

原来，爷爷那次在宣传墙上即兴发挥的二十四字社会主义核心价值观标语得到了市委宣传部部长的称赞后，他的名气在市里就更大了。很多社区和学校刷标语、做宣传栏都会请爷爷去给把把关。

就在这时，爷爷拿着一个纸卷，哼着歌儿，迈着轻快的步伐走进了院子。他看到何开阳就笑着说：“我的大孙子来了！这几天好好学习了吗？”

还没等何开阳回答，爷爷就快步走进了书房。何开阳忙撵了进去，他看到爷爷把那纸卷展开摊在书桌上，用铅笔在上面画着什么。

“爷爷，您今天去我们学校了？”何开阳问。

“你们学校请我做一个整体策划。你知道，设计可是我的强项。”爷爷头也不抬地说。

何开阳给爷爷倒了一杯茶，又给自己倒了一杯橙汁，他捧着橙汁坐在爷爷对面的一张木椅上，问：“爷爷，您的书法和绘画咋那么好呢？是怎么练习的？”

“那可是童子功，你知道的，我十来岁就跟着红军刷标语、做宣传了。”爷爷笑着推了一下脸颊上的老花镜说。停顿了一下，他又问：“阳伢子，你也不小了，还想这样混日子吗？是不是也该规划一下自己的未来了？”

爷爷突如其来的发问倒让何开阳愣住了，一愣神他就被橙汁呛得剧烈地咳嗽起来，奶奶听到后，快步走了过来。

她边走边大声质问：“你这个坏老头，是不是又给阳伢子抽烟了？”

“他喝橙汁呛到了。”“我没有抽烟啊！”爷爷和何开阳不约而同地辩解着。

奶奶还是进屋来看了看何开阳，她抚摸着何开阳的脑袋对爷爷叮嘱："你好好地看着我的大孙子，出了啥事我跟你算账。"说完，她又柔声对开阳说："晚饭奶奶给你做最爱吃的糖醋排骨。"。

爷爷冲着何开阳摊开双手，无奈地笑着说："我的乖孙子，你可别再让我被你奶奶骂了。"

何开阳被爷爷的表情逗笑了，他抖动着肩膀呵呵地笑着说："我也想像您这么棒，能写会画、知识渊博，但怎么才能做到呢？"

"你想跟爷爷学书法吗？"

"想啊。"

"练书法是一件很枯燥的事，你能坚持吗？"

"有多枯燥呢？"

"我每天练习运笔，练习画线条都能画上大半天。"

看着爷爷堆积如山的练习书法的纸张，何开阳有些迟疑了。

他想起爷爷说的小时候在铺满一院子的青砖上练习书法的事情，向往地说："我也想像您那样在青砖上练习写字。"

爷爷伸手在他的鼻子上刮了一下，说："这个可以考虑，但是现在咱们有纸，就用不着那样艰苦了。"

"我既然要向您学习，就从在青砖上练习开始吧。"何开阳恳求道。

"让我考虑一下可行性吧。"爷爷笑着说，神情慢慢转为严肃，似乎陷入了回忆之中。

第三章

杜鹃啼血

写标语时的偶遇

入秋以来天黑得越发早了，窗台下的那丛晚香玉的香味儿也更加浓郁了。一家人围坐在餐桌前吃晚饭的时候，何娘子就把桌上的油灯点燃了。那盏油灯将几个人的影子都投到身后的墙壁上，影子硕大无比，好像神话故事中的巨人。

阿公童心大发，他伸出两只手在油灯前比画着，他的手影就在对面的墙壁上舞动起来，先是一只长耳朵兔子，很快变成了可爱的小狗，不一会儿又变成了一个弯腰驼背的老婆婆，老婆婆边走边捶着后背。

阿公的手影打得活灵活现，引得润生和敏妹子都放下手里的碗筷开心地看着，敏妹子也伸出小手跟着比画起来，还“汪汪汪、嘎嘎嘎”地胡乱叫着。

何娘子笑着说：“敏妹子，别只顾着玩儿，你的稀饭都凉了，当心吃了又喊肚子疼。”

敏妹子听了忙埋头举着小瓷勺儿，往嘴巴里胡乱扒拉起稀饭来。吃了几口，她又像小狗一样四处嗅了嗅，笑嘻嘻地问：“阿妈，您身上好香啊，是不是搽香香了？”

何娘子抿嘴一笑，转过身去给她看。原来在她绾起的发髻上斜斜地插着两朵洁白的晚香玉。那白玉簪一样的花朵插在何娘子乌云般浓密的黑发上，显得优雅又端庄。

何娘子是个爱花的女人，她的头上和身上几乎一年四季都戴着花儿，春天是杜鹃花，夏天是茉莉，秋天是晚香玉，冬天如果没有什么花可戴，她就会戴上一朵洋红色的通草花。但何娘子最爱的还是杜鹃花，因为她的名字叫杜鹃，她还天天戴着翡翠杜鹃花耳坠。何娘子告诉孩子们，自己儿时住在深山里，那里每年春天漫山遍野开满了杜鹃花。

何娘子说：“杜鹃花是属于大山的花。”她称自己是“大山的女儿”。

几年前，何娘子在附近的山坡上挖回了几枝野杜鹃花，种在了院子里。在她的精心侍弄下，这些杜鹃花长得很茂盛，每到春天都会开出很多美丽的红杜鹃花。这些杜鹃花陪伴着润生和敏妹子渐渐长大，在他们心里，杜鹃花是家的象征。

善良的何娘子不仅在庭院里种下了杜鹃花，她连同对家乡的热爱也潜移默化地种在了孩子们的心里。

许多年后，每当看到红艳艳的杜鹃花时，润生都会想起那些在家乡度过的温暖的岁月。

“晚香玉又香又美，我也要戴。”敏妹子羡慕地说。

“好，吃完饭，阿妈也给你戴一朵花。”何娘子笑着说。

“我要两朵，来福也要戴一朵。”敏妹子指着脚下的小狗说。她是真的疼爱自己的小狗呢。

说话间阿公放下手里的碗筷，起身向后院走去。

何娘子关心地问：“老爹，您要去编草活吗？”

阿公说：“刘老板前天又订了一批蒲苇垫子，说是大明寺在寒衣节做法事时要用呢，我得早些赶出来。”

“刚吃晚饭您先歇口气，等我给您点盏油灯再去吧。”何娘子关心地说。

阿公摆手说：“不必了，这时候月光亮得很呢，我在月光下就能摸索着干活。”阿公一生勤俭惯了，在晚上干活也舍不得用油灯照明。

何娘子摇头说：“那样太费眼神了，本来您编草活就辛苦。”

这时，润生也放下了碗筷，他仰头对何娘子说：“阿妈，我跟金宝约好晚饭后去他家温书。”

不等何娘子说什么，一旁的何举人就发话了。他说：“当下兵荒马乱的，小孩子晚上还是不要乱跑，万一出啥事可不好。”

润生忙说：“金宝家离咱家这么近，不会有事的，再说我们早就约好了。”他说着，像小麋鹿一样用清澈的眼睛恳求地看着妈妈。

何娘子心软了，说：“那你莫要到处乱跑，只能去金宝家。”

“一定，我保证。”润生信誓旦旦地说。

何娘子对何举人说：“让他去吧，润生今天一天都没有出门。”何举人向来听何娘子的话，他说了一句：“你们要好好温书，当心我考问你的功课。”

不一会儿，润生就出了院门。出门前，他偷偷地从院门背后的柴火垛里提出了一只小铁皮桶，那桶上罩着很多稻草，稻草下是小半桶白石灰。

小铁皮桶坠着润生的手，让他的身体向着提桶的一侧微微倾斜。但是沉甸甸的小铁皮桶并没有拽住润生的脚步，他的脚步很轻盈，心情也很愉跃，他已经迫不及待地想跟好友金宝见面了。

润生很少独自在夜里出门，白天无比熟悉的街道此刻显得有些陌生，好在有明亮的月光照着脚下的石板路。

走到十字路口，润生听到了几声急促的布谷鸟叫。

“布谷、布谷、布谷——”那声音听起来有些急躁。在秋夜里响起春天的布谷鸟叫显得很突兀,而且不合时宜,润生听到忍不住在心里暗自发笑。那天他和金宝商量时，金宝只说用鸟叫当接头暗号，没想到竟然是布谷鸟的叫声。

“这个金宝真是个憨憨。”润生忍着笑，向声音传来的方向张望。

他果然看到金宝站在街角的一棵罗汉松下，罗汉松参差不齐的枝叶遮挡着金宝瘦小的身体。如果不是约好了，润生在月夜里一时也看不出来。

金宝怕润生没有看到自己，轻声地喊着：“嘿，润生，我在这儿。”

金宝也提着一只小铁皮桶，桶里装着的也是白石灰。他的左手还拿着一卷皱巴巴的纸，那纸里包裹的是两支毛笔。

“你外公知道你出来了吗？”润生问。

金宝一挺小胸脯说：“我哪能让他知道呢？我出来的时候外公已经在打呼噜了。”

金宝的外公每天晚上吃过晚饭在院子里散散步就睡下，第二天鸡叫的时候他就起床练功了，他遵循的养生之道是“早睡早起”。虽然外公右腿摔坏了，无法像从前那样练功了，但他还是保持着晨练的习惯。

银白色的月光洒在青石板路上，像是下了一层白霜，当年李白写下流传千古的“床前明月光，疑是地上霜”的诗句，可能也是因为沐浴着这样美妙的月光吧。

在户外待得久了，两个孩子的眼睛已经适应黑夜的光线，反而觉得周遭很明亮。他们表情严肃地提着各自的小桶在月光下匆匆赶路，那小铁皮桶坠着手臂，让他们的身体时而向同一侧倾斜，时而一左一右地倾斜着。一路上他们没有交谈，只是专心赶着路。

润生和金宝很快就走到了一座大门紧闭的院落前，那是县城里做茶叶和土特产生意的陈老板的宅院。去年年初，陈老板就带着家眷和细软，去南昌投奔当国民党官员的儿子了。如今，这座偌大的院落只有两个仆人在看守。

决定在这儿画漫画和写标语，是两个孩子盘算了很久的，他们还进行了实地考察，发现这座院子虽然当街，但里面没什么人住，平时都静悄悄的，到了晚上就更安静了。而且这座院子的墙壁是深色的青砖墙，很适合当画画的背景墙。白天来往的行人很多，都能看到他们的“作品”，会起到很好的宣传作用。

此刻街上静悄悄的，没有行人。在院墙的角落看不清的黑暗里，有一只蟋蟀在“唧唧唧”地鸣叫着。这让润生想起了《诗经》里“七月在野，八月在宇，九月在户，十月蟋蟀入我床下”的诗句。

他们找到之前踩点看好的一面墙壁。这面墙通向街道，行人不能一眼看到，但是随着脚步的变化，行人很快就能清楚地看到墙壁上的内容。

借着月光，金宝从纸卷里拿出一支大号的毛笔，蘸着小木桶里的白石灰准备在那面墙上涂抹。

金宝的动作熟练流畅，可润生还是忍不住轻声问：“在墙上画和在纸上画不一样，你能行吗？”

“放心吧，我有经验。”金宝笃定地说。

在乡下时，他的确无数次在外公、舅舅和周围邻居家的院墙、地板上画过“壁画”，为此他也遭受到了不少训斥和责罚，的确算有一定的实践经验。但那些都是小孩子淘气的把戏，这一次作画的时间和环境跟从前不同，而且要真正面向“观众”，金宝内心还是有些紧张的。他尽量调整心情，稳住手里不住颤抖的毛笔。

金宝蘸满白石灰水在黑漆漆的墙壁上落下了第一笔，心情紧张的他这一笔蘸的白石灰水有些多，白石灰水顺着墙壁直往下流。润生忙拿出自己每天练习书法的大毛笔开始补救，他用大毛笔抹去了多余的白石灰，在一旁写下了“国民党就是刮民党”几个大字。

一上手写润生就惊讶地发现，自己的字竟然可以写得如此流畅，他心里暗暗感谢整天逼他练字的父亲。如果没有父亲的监督，自己根本写不出这么好的字。

两个孩子画的画，写的写。不一会儿，润生就写好了。金宝是个追求完美的孩子，他的漫画还在创作中。

“你得快一些，时间长了怕被人发现。”润生在金宝的耳旁轻声说。金宝表情严肃地点点头，又画了几笔，后退两步看了看，轻声说：“妥了，收工！”

只见墙壁上画着一个衣冠不整、枪上挂着两只老母鸡、喝着堆花酒的国民党士兵，他的身旁写着“国民党就是刮民党”几个大字。画面简洁明快，标语写得清秀大气。

國民黨

两个孩子对于他们第一次在墙上写标语和画漫画的成果都很满意，他们收拾好各自的小桶和毛笔准备往回走。

刚走到路的对面，润生猛然发现眼前站着两个人，他吓得差点儿喊出声来。金宝已经吓得惊叫起来："你……你们是什么人？"

又有一个人从地上站起身，他对那两个人说："带他们去僻静处说话。"

那两个人分别抓住了润生和金宝，说："小朋友，请跟我们走一趟。"

润生被一个人抓住了手臂，挣扎着说："放开我，我哪儿也不去。"

金宝也大声喊："哎呀，你把我的胳膊扭疼了。"

那人低声说："小声点儿，我们是好人。"

润生和金宝毕竟是小孩子，他们被那两个人背着跑了起来。润生心里很着急，他想：自己大概是遇到人贩子了。去年县城里酱菜铺老板的小孙子丢了，大人们都说被人贩子拐走了，但是那孩子才三岁，自己都十一岁了。

正在润生胡思乱想的时候，那个人背着他走进了一间屋子。等背着金宝的人也进来了，门就被关上了。

一盏昏暗的油灯点燃了，灯光摇晃着，照在屋子里每个人的脸上。润生看到那三个人的脸在光线下忽明忽暗的，觉得有些吓人。

一个人惊讶地说："你……你不是何老伯的孙子吗？"

润生这才注意到那个人身材高挑，戴着一副黑框眼镜。润生的记忆立刻搜索到了几天前，他跟着阿公去刘老板的店里的片段，"打草鞋""友善的大哥哥""像小石头一样透明的糖块"…… 一幕幕在眼前浮现。

特别是想到那块甘甜的冰糖，润生还咽了一下口水。

我们也想当红军

看着戴眼镜的小伙子露出了熟悉的笑容，何润生突然想起自己是认识他的。

“对了，你就是那天给我糖吃的哥哥。”润生说。

小伙子笑着点点头，问：“你们两个小孩子，怎么敢黑灯瞎火地跑出来写标语呢？”

金宝说：“我们是在学红军，红军战士就是这样写宣传标语的。”

那位大叔和蔼地说：“小朋友，你们这样很危险，以后不要冒这种风险了。今晚幸亏遇到的是俺们，如果被国民党士兵抓住可就麻烦了。”

金宝的细脖子一梗，说：“你不要吓唬我们，我们又不是三岁的小孩子了。”

戴眼镜的小伙子笑着说：“对，你看着有七八岁了，但是也别再冒险了，你爸妈知道会担心的。”

虽然金宝看起来又瘦又小，但是他最听不得别人说他“小”或者像个“小孩子”。他不服气地说：“我不小了，虚岁都十二了。”

戴眼镜的小伙子用胳膊碰了一下身旁的娃娃脸小伙子，笑着说：“银根，你就比他们大三岁。”

原来他们是红军队伍里一支负责宣传的小分队，戴眼镜的小伙子叫许亮，那天的中年大叔姓宁，是宣传班的班长，他们都亲热地叫他“老班长”。长着娃娃脸的男孩叫吴银根，还有一位陈指导员今天有事没来。

看到金宝一脸疑惑，润生对他说：“许亮哥说的都是真的，他们的确是红军。”

“真的吗？你们真的是红军？”金宝惊喜地说，他还揉了揉眼睛，“没想到红军就在我们身边。”

润生惊讶地问长着娃娃脸的男孩：“银根哥，你十四岁就当红军了？”

吴银根羞涩地说：“其实，我从十岁起就跟着老班长他们了。”

许亮叹气说：“银根是个苦命的孩子，他是你们的江西老表，家就在井冈山。银根妈妈去世得早，银根十岁时，他爸爸被国民党抓壮丁了。不久后，与他相依为命的奶奶也病逝了。宁班长带着宣传队经过他们村子时收留了他，那时银根还是个十岁的娃娃。他很聪明也很勇敢，还在宣传队里立了功呢。”

这下轮到润生和金宝吃惊了，他们用充满敬意的目光看着吴银根，看得他脸都红了。

润生问：“亮子哥，你也是江西人吗？”

许亮笑着说：“我是北京的。”

吴银根忍不住插话说：“亮子哥出生在高级知识分子家庭，他爸是一位留洋的博士，亮子哥参加红军之前是北京大学地质学系的一名高才生。”

听到“北京大学”这四个字，润生惊讶地说：“北京大学是一所非常著名的大学，能考上那所大学说明你学习特别好。我爸就让我哥考北京大学呢。”

许亮推了一下滑落的眼镜问：“你哥也在上北大吗？”

润生不好意思地摇头说：“我哥叫何德生，他还在读中学，明年才能考大学。”

在他们聊天时，坐在桌子一旁的宁班长像变戏法一样从怀里掏出了一只烟袋锅。他用手将里面的烟丝压实，然后在身上上下摸索着寻找点火的东西。

许亮从桌上拿起一小盒火柴，抽出一根火柴在油灯上点燃，他拿着那根燃烧的火柴帮宁班长点烟。宁班长使劲吸了几下才点燃，刚点着一股烟就冒了起来。

宁班长吸了一口烟就大声地咳嗽起来，边咳嗽边嘟囔："烟丝放潮了，还真是不好抽呢。"

许亮笑着问："这烟这么呛人，您怎么还抽呢？"

宁班长美滋滋地抽了一口烟，说："你还小，不懂。抽烟可以解乏。有时候长时间急行军，人困马乏，抽几口烟，马上有精神了。"

吴银根问："对了，小弟弟，你们跑出来爸妈知道吗？"

润生老实地说："我们是偷偷跑出来的。糟糕，我的铁皮桶和毛笔呢？"

他突然想起刚才被他们背着跑，忘了拿自己的工具。那些工具可不能丢，每天早晨他都要用来练毛笔字呢。

许亮笑着指着门后的地上，说："别担心，你们的小桶和毛笔都在这儿呢。"

于是润生把金宝喜欢画漫画、自己每天都在练毛笔字，他们是怎么决定学红军在墙上写宣传标语、怎么到现场考察决定在陈老板的院墙上写标语的事情都说了一遍。

许亮问："国民党到处布眼线，你们不怕被他们抓住吗？"

润生和金宝异口同声地说："不怕！"

宁班长深吸了一口烟，又缓缓地吐出一个烟圈，说：“你们这些小娃倒是天不怕地不怕的，但是你们不考虑家人吗？如果他们因为你们受到牵连也不怕吗？”

他这句话倒是让润生和金宝听了脊背发凉，润生想到了阿公、爸爸、妈妈和敏妹子，金宝想到了疼爱自己的外公。

吴银根笑着说：“不过，你们漫画画得很精彩，标语也写得很棒，小小年纪还真不简单呢。”

许亮笑着问他：“那他们比起你怎么样？”

吴银根竖起大拇指说：“单论写和画，他们都比我强得多。”

润生和金宝听着两人的对话感到很开心。“以后我们可以帮你们写和画，是吧？”金宝用胳膊肘捣了一下润生的后腰说。

润生却犹豫地问：“金宝，如果被国民党士兵发现了，你不怕连累你外公吗？”

闲聊间，宁班长一袋烟已经抽完了。他把烟袋锅在草鞋帮上“哪哪”地磕打了几下，说：“时间不早了，你们送这两个娃回家吧，俺们还有正经事情要办呢。”

原来，他们今晚也是来写宣传标语的，无意中发现了润生和金宝。

润生忙摆摆手说：“我们自己可以回家，不用麻烦你们了，你们快去忙吧！”

许亮不放心地问：“你们自己回去能行吗？”

“放心吧，我们都是土生土长的当地人，走不丢的。”金宝笑着说。

润生发现，金宝自从知道宁班长他们是红军就一直在笑，他的眼睛和嘴角一直都向上翘着，像小月牙儿一样。他知道金宝是打心眼儿里喜欢这三位红军战士。

临走前，宁班长从衣袋里掏出了两块沉甸甸的银圆，说：“孩子们，这是给你们的，拿着买糖吃吧。”

润生和金宝都摆手说：“不要，我们不能要。”

许亮见他们执意不收，好像突然想起了什么，走进里屋拿出了一只蓝色布袋。他从布袋里倒出几块亮晶晶的“小石头”，数了数，说：“我这里还有五块冰糖，你俩一人两块，这块给你吧。”他说着把最大的一块放到吴银根的手里，剩下的分给了润生和金宝。

“这是河里的小石头还是小冰块啊？”金宝疑惑地看着手里的冰糖问。

他的话把大家逗笑了。润生说：“咱们快回家吧，别耽误宁班长他们工作了。”

宁班长语重心长地对他们说：“孩子们快回去吧，不要再出来写标语了。你们还小，欢迎长大了来参加红军。”

润生的眼睛一亮，高兴地问：“我们也能参加红军吗？”

“当然了，红军就是俺们工人和农民的军队。”宁班长一字一顿庄严地说。

两个孩子告别了宁班长他们，提着各自的小桶踏着一片如水的月光高兴地回家了。

看到自家的院门虚掩着，润生蹑手蹑脚地推开门走进院子，猛然看到眼前有一个黑乎乎的人影，吓了一跳。他定睛一看，原来是阿公坐在院子里编草垫。

“阿……阿公，您怎么跑到前院编草垫了？”润生问。

见阿公盯着自己手上提着的小桶沉默不语，润生有种当小偷被抓了个现行的局促不安感。他忙将小桶背在身后，冲着阿公发出一阵毫无意义的“呵呵呵”的傻笑。

过了半晌，阿公缓缓地说：“回来就好啊！”说着，他拿着手里的活计，起身向后院走去。

望着阿公的背影，润生心里升起一股暖流，他这才明白亲爱的阿公是专门在院子里等候自己呢。

润生刚走进堂屋，妈妈就从右厢房的卧室里快步走出来问：“润生，你回来了？饿不饿？想吃啥吗？”

“嗯，家里还有南瓜饼吗？”润生问。经过刚才的一番折腾，他的确觉得肚子有些饿了。

妈妈转身去厨房了，不一会儿就煎好了一盘南瓜饼端到餐桌上。妈妈还顺手给润生冲了一碗热腾腾的黑芝麻糊。

“这不是爸爸的黑芝麻糊吗？我不吃。”润生说。

何举人因为常年伏案工作很少活动，脾胃有些虚弱。当地一位有名的中医告诉他吃黑芝麻糊可以调养脾胃，妈妈就买来了黑芝麻、红枣、枸杞和糯米粉为爸爸做了黑芝麻糊。这种黑芝麻糊需要的食材多，而且都比较珍贵，平时连年迈的阿公都不会轻易去吃。

妈妈笑着说：“快趁热吃吧，这是你爸让我给你冲的，他说你温书费脑子。”

吃着香糯的南瓜饼，喝着香喷喷的黑芝麻糊，润生忍不住鼻子发酸，他感受到了来自家人们的深深的爱。

当晚，润生睡得格外香甜。

第二天清早，润生照例早早起床，提着小铁桶在院子里的青砖上练习写字。有了昨晚在陈老板家院墙上写标语的经历，今天他写得格外用心。

深秋的清晨，院子里草木的叶子上都落了一层白霜，寒风阵阵有些冻手，润生往手上哈了口热气，然后专心地写字。

阿公走了过来，把自己的龙头紫砂壶递给他，说："润生，来喝两口浓茶暖暖身子吧。"

阿公最喜欢喝茶，每天清晨他都会泡上一壶茶。虽然江西是著名的茶乡，但是外公喝的是当地人在集市上售卖的最便宜的茶。他常说那"四绿一红"的好茶都是给讲究的有钱人准备的，自己只是个编草的手艺人，能喝上普通的茶就很好了。

偶尔有人给何举人送来一盒好茶，何娘子给阿公冲泡好，阿公喝了还直喊："这茶的口味太寡淡了，我喝不惯。"

润生双手捧着阿公的紫砂壶，仰头喝了两口热乎乎的茶。那又苦又涩的茶汤进了冰凉的身体里，润生不由得鼻子发酸，清鼻涕流了出来。阿公看到，呵呵笑着掏出一张草纸，想帮润生擤鼻涕。

润生不好意思地扭过头，伸手去接阿公手上的草纸，说："我自己擦吧。"

阿公笑眯眯地一手按着他的脑袋，一手拿着草纸放在他的鼻子上，用命令的口吻说："擤！"

润生一用力鼻涕就擤了出来，外公又拿出一块粗布手帕帮他擦了擦脸，说："有啥害羞的，你小时候我还常帮你擦屁股呢。"

润生一听脸都红了，扭捏地说："阿公，您快别说了。"

阿公呵呵地笑了起来，说："你这孩子还不好意思呢。"接着他又问："说吧，你昨晚干啥去了？"

"我……我去金宝家温书了。"润生说。

"你温书还提着小铁桶，拿着毛笔？"阿公问。

他露出了早已洞察一切的笑容，这种笑容让润生觉得自己再也无法向他隐瞒了，于是就像竹筒倒豆子一样把自己和金宝为何想到去写标语、昨晚如何在陈老板的院墙上画画，以及后来遇到了宁班长和许亮他们的事详细地讲了一遍。

阿公听了眯起眼睛，好像第一次认识润生一样盯着他说："没想到你们的胆子这么大，真是'初生牛犊不怕虎'。"

润生想起宁班长他们的叮嘱，低下头诚恳地说："我错了，我不该这么冒失地去刷标语，下次不敢了。"

阿公又问他："你怎么会认识陈军长呢？"

润生说："我是那次搭刘老板的马车，替妈妈去学校给哥哥送东西的时候，正好看到哥哥和两个同学在跟陈军长说话，才认识他的。那时陈军长穿着一件灰色的竹布长袍，还戴着一副金丝边眼镜。哥哥他们都叫他'赵老师'，我还以为他是哥哥的老师呢。"

润生回忆说："陈军长还问我长大了想干什么，想不想上大学。我告诉他我想像我爸那样当老师，但是又想当画家，还没想好到底干什么呢。"

说完这些，润生低着头等着接受阿公的教训。

半晌后，阿公叹了口气，说："你以为我会责骂你吗？我活到这把年纪了，当然知道国民党干了很多祸国殃民的坏事，共产党领导的红军才是老百姓的救星。但是，你和金宝还小，就不要冒险了，等长大了再说吧。”

润生一听，眼睛瞪得溜圆，争辩说：“我不小了，已经十一岁了。吴银根哥十岁就参加红军了，许亮哥还是北京大学的大学生，他也参加革命了。”

末了，阿公叮嘱润生：“这件事不要告诉你爸妈，免得他们担心。你下次再想去写标语，告诉我一声，阿公帮你们站岗放哨。”

“阿公，没想到您支持我们！”润生惊喜地说。

阿公摇头说：“我也不是支持你们的做法，但是红军为了我们跑到这里跟白狗子做斗争，我们自己也要勇敢地抗争。我年纪大了不怕死，但你嘛，还是个小孩子。”

说话间，敏妹子蹦蹦跳跳地跑过来。她摇晃着头上的小辫儿说：“阿公，原来你也在这儿呢，我妈叫你和哥哥吃早饭了。”说着，她上前拉着阿公的手，让他跟自己一起走。

润生走在他们身后。突然，他想起了什么，从衣袋里掏出了许亮送给他的那两颗亮晶晶的冰糖。他小跑过去将一颗糖放进了阿公的嘴里，又将一颗放进了敏妹子的嘴里。

“哥，你给我们吃的是啥？冰冰凉、甜丝丝的，怪好吃的。”敏妹子兴奋地大叫起来，阿公则笑着眯起眼睛露出一副陶醉的神情。

这时，敏妹子做了一件润生想做却不好意思做的事情。她“噗”地将那块冰糖吐在自己的手心，举着糖对着太阳。初升的朝阳穿过那块糖，将七彩的光芒投射在敏妹子圆润可爱的脸颊上。

润生微笑着看着灿烂的阳光洒落在整洁的院子里，洒落在白发苍苍的阿公和可爱的妹妹身上，眼前的一切让他觉得自己的家是如此的温暖幸福。

德生今天要回家

入冬后，乐安县暴发了鸡瘟，很多人家饲养的鸡因为瘟疫死亡了，居民们都惶惶不安地说是年头儿不好。虽然金宝的外公曾经是滚傩神领班，但是他饲养的三只下蛋的老母鸡也没能逃过这场瘟疫。

于是，这天，县城里几位有钱、有声望又有地位的乡绅出面，请来了东湖村滚傩神帮忙“起傩”。

东湖村滚傩神历史悠久，早在乾隆八年（1743年）就建起了一座傩神庙，设立了傩神的神龛。因为受邀到乐安县城里“起傩”，他们就把傩神的神龛也抬了过来。

“咿咿咚咚锵……”震耳欲聋的鼓锣声响起来了，县城广场上人头攒动，几乎全县的人都来了，人们都翘首期待着一场精彩的傩戏表演。

乐安滚傩神有一套完整的祭祀仪式，先是由领班燃香膜拜傩神，请出傩神后，就开始跳傩舞。起傩仪式由滚傩神领班——杨金宝的舅舅主持。

金宝舅舅身着黑衣黑裤，披挂着红褂红裙，还在眉间画了一道符。他手里拿着一杆马枪，挺胸叠肚显得威风凛凛。参加跳傩的弟子们分别戴着用樟木或柳木雕成的猪嘴、鸡嘴、鹅王、东岳、判官、白虎精、歪嘴婆婆等各式面具。

金宝舅舅率领众弟子向着四方朝拜。表演开始了，鸡嘴神独舞“挑马枪”和“托环刀”，猪嘴神上演了“打关刀”“射弓箭”和“玩棍杵”，他们各显神威。然后，鸡嘴神与猪嘴神合演“攀探”，只见他们相互攀附着，好像在一起寻找什么。

滚傩神的舞蹈古朴粗犷，举手、踢足变化繁复，充满原始的神秘感。舅舅和弟子们跳得非常投入，观众们也看得津津有味。

润生和敏妹子也跟着阿公来看起傩了，之前润生在金宝家里看过他外公的表演，但那是金宝外公独舞，现在是群舞；而且那时金宝外公没有装扮，现在每个弟子都身着盛装，戴着不同的面具，热闹非凡。

金宝舅舅他们点燃了一串串鞭炮，一时间“噼里啪啦”，响声震耳，火光冲天。弟子们都脱下鞋袜，赤脚跳着舞。他们一边口中念念有词，一边挥舞着手里的马枪、棍杵和弓箭。

这时润生看到金宝的外公正在打鼓，他的装扮和金宝舅舅他们一样。只见金宝外公手举两根鼓槌，微闭双眼，敲得如痴如醉。那鼓声时而急促如暴雨倾盆，时而灵动若珍珠落玉盆。

“金宝在哪里呢？”润生好奇地向站在广场中间的金宝舅舅和弟子们张望。突然，他看到了一个身材单薄瘦小、行动非常灵活的身影在众弟子间穿梭，那就是头戴着鹅王面具的金宝。润生听阿公说，在起傩逐疫的仪式中，除了手持斧钺的鸡嘴神和猪嘴神，鹅王也是一个很有分量的角色。他不禁为金宝捏了一把汗。

但是他看到金宝头戴鹅王面具，举手投足间显得有板有眼、老成持重，赢得了群众的阵阵掌声和喝彩。润生一边拼命鼓掌，一边为金宝的出色表

演流下了激动的泪水。他知道好友为了能扬眉吐气地站在这个场子里，付出了多少努力。

就在润生和阿公兴致勃勃地观看傩舞驱疫的时候，敏妹子在一旁的小摊上津津有味地吃着泡粉。妈妈今天把她打扮得很漂亮：穿着一件红色小碎花的棉袄，扎着两根小辫子，辫梢上还分别用红绸子绑了一个蝴蝶结。长着圆圆的脸蛋、黑白分明的大眼睛的敏妹子看起来越发俊俏可爱了。

泡粉是一种男女老少都喜欢的当地小吃，将晶莹剔透的米粉放进鸭汤里熬煮，那味道别提多鲜美了。阿公原本是不同意敏妹子独自坐在小摊上吃泡粉的，一是怕来看傩舞的人太多把敏妹子挤着，二是怕有人贩子趁乱把敏妹子给拐跑了。

但是机灵的敏妹子说："阿公，你莫担心。在县城里我闭着眼睛都走不丢，万一有事情我就使劲吹哨子叫你们。"

说着，她举起了挂在脖子上的一只亮闪闪的不锈钢哨子。这只哨子还是大哥德生上次回家时送给她的，现在是敏妹子的宝贝。她总是把它挂在脖子上边走边吹，小狗来福和那两只大白鹅都学会了听她的哨声行动。敏妹子经常在家里吹着哨子神气活现地走在前面，后面紧跟着她的小兵们—— 一条小黄狗和两只大白鹅。

阿公、妈妈和哥哥润生看到这么有趣的一幕都笑得合不拢嘴，连向来严肃的爸爸都笑着点评说："想不到咱们家的敏妹子真是天赋异禀啊，居然能把小动物训练得这么听话。"敏妹子不知道"天赋异禀"是啥意思，但是她觉得那是爸爸在表扬自己，就越发起劲地吹她的哨子了。

虽然敏妹子说得很有把握，阿公还是拜托了卖泡粉的老板，请他帮忙

照看一下敏妹子。

“老爹，您放心地去看傩舞吧，在我的摊子上敏妹子丢不了的。”泡粉老板拍着胸脯笑着保证。阿公这才带着润生在喧天的锣鼓声中挤进了人群里。

邻居老汪的老婆看到了阿公和润生，一边招呼他们往自己这边挤，一边大声地问：“你家何娘子那么爱热闹，怎么没有来？”

润生也扯开嗓子大声喊：“我哥今天要回来，我妈在家里准备饭菜呢。”

几天前，德生托人捎话回来，说今天回家探望。自从离家去读中学后，功课繁忙，德生就很少回家了。

长子德生随妈妈何娘子，长得很俊。他身材高挑，鼻梁高挺，皮肤白皙，长着一双狭长的丹凤眼，谁看到都会忍不住夸一句：“这伢子真是相貌堂堂、仪表不凡啊！”

德生从小就聪明伶俐，三岁时已经会背《三字经》《弟子规》和《百家姓》了，到了五岁就会跟着爸爸吟诗对句了。七岁时别人家的孩子还在启蒙，学习《幼学琼林》和《诗经》，他已经写得一手好文章了。

十二岁那年，德生考上了外地的中学，一心望子成龙的何举人希望儿子今后能够考取北京大学。按德生的学习成绩，这应该是“三个手指抓田螺——十拿九稳”的事，但是如今兵荒马乱的，让孩子离家千里去北京求学，何娘子很不放心，何举人笑话她是井底之蛙。

“你才是井里的青蛙呢，别掉书袋拐弯抹角地骂人。快去照照镜子，看你现在瞪着眼睛，还戴着一副眼镜，多像一只青蛙。不对，像一只癞蛤蟆。”何娘子说着，自己先哈哈大笑起来。

何举人整天板着脸一本正经的样子，谁看到都有些怕他，唯独何娘子不怕他。两人独处时，她时常跟何举人逗趣，弄得何举人只能苦笑。谁让他当年放着茶商陈老板家知书达理的千金小姐不娶，非要娶这么个没有读过书、没见过啥世面的乡下采茶妹子呢?

长子德生唯一让何举人不满的地方，就是他对政治的兴趣太浓了，每次回来，德生都要跟何举人讨论当下的时局变化。通过交谈，何举人知道德生在感情上很亲近共产党。

就在上次，德生甚至说：“我想参加红军。”这可把何举人吓了一跳，他警告德生不要胡思乱想，要“两耳不闻窗外事，一心只读圣贤书”。

但是德生顶嘴:“现在偌大的中国，已经安放不下一张平静的书桌了！”这场谈话以父子俩不欢而散告终。

德生每次回来，何娘子都会精心准备一大桌他最喜欢的饭菜。这会儿，何娘子正系着蓝花布围裙在厨房里围着锅台团团转，她心情愉快地一边信口唱着轻快的民间小曲《斑鸠调》，一边手脚利索地做着饭菜：

春天嘛个叫哟嗬嘿，

春天斑鸠叫哟嗬嘿，

斑鸠里格叫里起，

实在里格叫得好哇，依呀依子哟，

你在那边叫哟嗬嘿，

我在这边听哟嗬嘿，

斑鸠里格叫里起，

叽里咕噜，咕噜叽里，
叫得那个桃花开哟嗬嘿，
叫得那个桃花笑哟嗬嘿，
桃子那个花儿开，
实在里格真漂亮啊，依呀依子哟，
…………

厨房里香气四溢，那香味飘出窗外，越过围墙，已经跑到了街道上，引得过往的行人都忍不住吸鼻子。

有的人边吸鼻子，边忍不住打听："这是谁家做的饭？真香啊，闻着都要流口水了。"

知道的人告诉他："这是何举人的娘子在做饭呢，她的厨艺特别好。"

"娶到这样的巧媳妇，真是烧了高香啊！"那人羡慕地说。

何娘子做了霉干菜烧肉、竹笋炒腊肉、卤驴肉片、南瓜饼，还有一道德生最喜欢的霉鱼。

在乐安县，人们都喜欢吃霉鱼。霉鱼是乐安本土一道色香味俱全、历史悠久的风味美食。为了做霉鱼，入冬时何娘子就备下了三条五斤重的大草鱼。她将草鱼洗净、晾干后，切成适当大小的鱼块，加上盐拌均匀，等两三天后再拌上辣椒粉，浇上烧熟的菜籽油后加盖封存。放上半个月左右，拿出来用油煎熟鱼块，然后加入水、葱、酒酿混匀，煮一煮就可以吃了。

闻到香味儿，何举人忍不住从书房里踱着步子走了出来。他问："你都做啥好吃的了？我在屋里都闻到霉鱼的香味儿了。"

何娘子右手一伸，做了个“请”的姿势。何举人拿起筷子夹起一块霉鱼，说：“我帮你把把关，看看味道怎么样。”说着他就美滋滋地吃了起来。

何娘子装作不满地说：“阿公还没有吃，我这个大厨也没有尝一口，你怎么就吃上了？”说着她往大门的方向张望了一眼，心想：时候不早了，德生该回来了吧？去看傩舞的阿公，差不多也该带着润生他们回家了吧？

这时，有人用力地拍打院子的木门，一边拍打一边大声喊：“有人吗？”

何娘子听到声音笑着问：“是谁来串门了？”

她快步走出屋子去开门，何举人用一块抹布擦了擦沾上油污的两根手指，嘟囔着：“这会儿人人都去看傩戏了，谁会来串门呢？”

国民党士兵上门了

何娘子满面笑容地打开了院门，一看到眼前站着的几个人，她脸上的笑容就凝固了。

那是几个穿着国民党军装的人，他们身上都背着步枪。为首的人长着一双烂桃子一样红肿的三角眼，他嘴里叼着烟卷儿，穿着一件不合身的旧军服，松松垮垮地站在那儿，一条腿还像打摆子一样不住地抖动着。

何娘子有些发蒙，她不明白这几个国民党士兵为啥会找上自家门来，于是问：“你们找谁？”

那个三角眼军官挤了挤烂桃子一样的眼睛，问：“这是何德生的家吗？”

“德生不在家，我是他妈。”何娘子说。

“他在不在，我们搜查一下就知道了。”三角眼说。

何娘子说：“我们又没犯法，你们凭啥要搜查？”

“就凭你儿子私下勾结共产党，他想要造反。”三角眼的声音一下子提高了八度，他龇牙咧嘴，露出一副不好惹的样子。

看着三角眼这副嘴脸，何娘子想起了前街当铺门口的那条大狼狗，它看见人也是这样凶神恶煞地咧开一张血盆大口，好像随时准备扑上来咬掉你一块肉。

听到三角眼的话，何娘子有些心慌。她大声说：“你莫要血口喷人，我家德生是品学兼优的好学生，还是学生会主席呢，根本不会造反。”

三角眼已经不耐烦了，他“呸”的一声吐掉了嘴里的烟卷儿，大手一挥，说：“给我搜！”

几个国民党士兵目露凶光、不怀好意，就像他放出的恶狗一样，要往院子里闯。

何举人听到门口的动静，快步走了出来。他问三角眼：“什么叫勾结共产党想要造反？你们要拿出证据来，不许血口喷人。”

三角眼不怀好意地咧嘴一笑，说：“原来何举人也在家，那就好，省得别人说我们欺负你家女人了。我们怀疑你儿子德生就躲在家里，想要搜一搜。”

“不许你们进去。”何娘子不知哪儿来的勇气。她上前一步，像老母鸡护佑小鸡一样展开双臂，想要阻挡三角眼他们进院子。

三角眼一脸坏笑地一努嘴，一个士兵就硬往里冲，他用力推了一把挡在眼前的何娘子。何娘子到底是个柔弱的女人，一下就被士兵推搡到了一旁，她站立不稳跌倒在了地上，脑袋重重地撞在地上润生练书法的一块大青砖上。

“哎哟——”何娘子额头被撞得生疼，她捂着头忍不住叫了起来。

鲜红的血从她的额头流了出来，“滴答滴答”地滴在那块青石砖上，就像铁青色的石砖上绽放出了一朵朵殷红的花儿。

何举人看到妻子的头被撞得流血了，他的情绪一下子就爆发了。何举人勇敢地挥舞着纤细的长胳膊冲了过去，双手使劲地捶打着三角眼，大声喊：“你们算什么军人，竟然对女人动手！赶快给我滚出去！”

三角眼举起步枪，熟练地抡起枪托狠狠地砸向何举人。他砸得十分顺手，不慌不忙，就像在敲打一枚山核桃一样，一下一下，下手又重又狠，砸得这个手无缚鸡之力的读书人疼得抱头痛苦地蹲在了地上。何娘子不顾额头的伤，勇敢地冲过来趴在丈夫的身上，用自己的身体为他挡住了三角眼砸下来的枪托。

那几个士兵有的站在一旁饶有兴趣地观看，有的上前帮着三角眼殴打何举人夫妻。这些无耻的兵痞虽然在他们的长官面前胆小如鼠，面对勇敢的红军狼狈不堪，但是面对手无寸铁的老百姓，他们是丝毫不会心慈手软的。

任凭三角眼他们殴打，何举人夫妻没有发出一句求饶的声音。邻居老汪听到响动跑过来看到了这一幕，连忙叫来二儿子铁锁，让他快去给广场上看起傩的何阿公报信。

铁锁一路奔跑来到了广场，这边起傩的仪式已经结束了，广场上的人们像海水退潮一样渐渐散去。铁锁在人群中东张西望地寻找，先是看到了他妈胖乎乎的背影，妈妈身旁站着的是弟弟铜锁和邻居家的敏妹子。

两个孩子正笑嘻嘻地分食着一碟红枣桂花糕，你喂我一口，我喂你一口。敏妹子突然挤了挤眼睛，然后将一块糕抹在了铜锁胖乎乎的脸颊上，两个孩子开心得哈哈大笑起来。

“妈，你看到何阿公和润生了吗？”铁锁像拉风箱一样呼呼地喘着粗气问。

他妈扭头看过来，吓了一跳：铁锁满脸通红，脸上满是黄豆大的汗珠；他半弯着腰，一只手像喘不上气那样揪着自己的脖领，另一只手支在腰上。

“大冬天的，你咋出了这么多汗？咋啦，老何家着火了吗？”他妈担心地问。

“比……比着火还可怕。”铁锁喘着粗气说。

铜锁看到哥哥来了，就拉着敏妹子一起走了过来。

“敏妹子，你阿公呢？”铁锁问。

“在那边跟金宝的外公和舅舅他们说话呢。”敏妹子向广场的一角指了指。铁锁这才注意到在那边站着很多人，地上还摆放着滚傩神的各种道具。阿公正在跟金宝外公说着什么，他边说边爽朗地大笑着拍了拍金宝外公的肩膀。

铁锁跑过去，说：“何阿公，不好了，你……你家来了几个当兵的，他们把何举人和何娘子打伤了，这会儿在搜查你们家呢。”

阿公一听脸色大变，问：“他们为啥来我家？”

“听他们说德生哥勾结共产党，他们是来抓德生哥的。”

“德……德生回来了吗？”阿公吓了一跳，他的大手一把抓住了铁锁单薄的肩膀，把他抓得生疼。

铁锁顾不上喊疼，说：“德生哥还没有回来呢。”

“好，那就好。”阿公松了一口气。

润生在一旁和金宝聊天，看到情况不对，忙凑了过来，听说这件事后也吓了一跳。

阿公说：“润生，你看好敏妹子，你俩先不要回家，我先回去看看。”

金宝外公点头说：“放心，润生和敏妹子都交给我们照看吧。不过你也别回去了，等士兵们走了再说。”

阿公摇头说：“家里现在一个是文弱书生，一个是柔弱女子，没有主心骨怎么能行？我得回去。”

“老何，你——”金宝外公欲言又止。

“放心吧老杨，我死不了的。”阿公咧嘴一笑说。末了他又说了一句：“我这么大年纪，也活够了。”说完，阿公抚摸了一下润生的脑袋，俯下身柔声对敏妹子说：“敏妹子乖，你和哥哥跟着杨爷爷他们，阿公先回家了。”

敏妹子稚气地问：“阿公回家为啥不带上我们？家里有狼吗？”

阿公笑了，说：“家里有比狼还可怕的野兽，等把它们都赶跑了，阿公就接你们回家。”说完，他对金宝外公点点头，转过身大步流星地走了。何阿公的头昂得很高，背脊挺得笔直，那身影好像又回到了五十年前。

走进巷子里，阿公看到很多邻居都站在各自家门前张望。看到阿公，他们都围了上来，七嘴八舌地讲述着刚才发生的事情。

有人劝他：“何阿公，您别回家了，到我家坐一会儿吧。”

还有的人说：“这帮人都是国民党兵痞，您老还是不要进去了。”

阿公抱拳对邻居们说：“感谢老邻居们的关心，这是我的家，我的儿子、媳妇在里面受折磨，我怎么能躲在一旁不管不顾呢？”

说完，阿公昂首向大门走去。刚走到门前，他就被把守大门的士兵拦住了：“我们在执行公务，不许闲杂人等入内。”

阿公说：“这是我家，我是这个家的户主，也不能入内吗？”

那个士兵听了，冲他一摆脑袋说：“你，进去吧。”

阿公惨遭杀害

阿公毫不犹豫地迈步走进了院子。一进院子，阿公就看到有个长着又红又大的酒糟鼻的士兵，正用阿公放在门后的一把大铁锤一下一下地砸着院子里润生练书法用的那些青石砖。

那些青石砖哪儿经得起士兵这样用力捶打，一块块发出清脆的碎裂声，眼看着都碎成了几块。阿公听着声音，看着碎了一地的青石砖，他的心也要碎了。

阿公上前阻止道：“你敲它们干啥？”

酒糟鼻士兵抬头看了他一眼，翻了一个大白眼，说：“老子干啥用不着你管。”或许他砸累了，或许他对这件事情已经失去了兴趣，酒糟鼻士兵把大铁锤随手扔在一旁，自顾自地往屋里走去。

阿公顾不上多说什么，快步走进屋子一看，不由得倒吸了口凉气：原本被勤快的何娘子收拾得干净整齐的屋子被翻得乱七八糟，堂屋里的一桌饭菜都被推倒在地上，青花瓷碗碟被砸得稀烂，何娘子精心烹调的那些菜肴都倒在了堂屋的地上，被进进出出的士兵们踩得又脏又乱。

阿公大声喊："石头、鹃妹子，你们在哪儿？""石头"和"鹃妹子"分别是何举人和何娘子的小名，在家里阿公时常这样叫他们。

何娘子听到声音，快步从西厢房走了出来，喊了一声："老爹，您回来了。"眼泪就像断了线的珠子，扑簌簌地落了下来。

看到儿媳妇，阿公吓了一跳。他带着润生和敏妹子出门时，何娘子还精心梳洗打扮了一番，因为长子德生今天要回来，她心里很高兴。何娘子梳着溜光的发髻，戴着翠绿的玉耳坠，鬓边戴了一朵水红色的通草花，脸上还擦了一层薄薄的胭脂，穿了一件半新不旧的红色碎花棉袄。

临出门前，敏妹子还回头笑嘻嘻地说："妈妈今天像新娘子。"在五岁的敏妹子的眼里，新娘子是世界上最漂亮的人了，她只要觉得谁漂亮，就会说谁像新娘子。

眼前的何娘子就像换了一个人，发髻散开了，一头乌黑的秀发胡乱披散在脸上，额头上鼓起一个大包，满脸都是血迹。身上的碎花棉袄上都是油污和灰土，脸上除了血迹就是泪痕。

"石头呢？"阿公问。

何娘子指着书房的方向说："他和那些当兵的在那间屋里呢。"

阿公忙快步走进屋子，他一眼看到几个国民党士兵站的站、坐的坐，其中有个长着烂桃子一样的三角眼的家伙，跷起二郎腿歪斜着身子坐在雕花木椅上，正往书桌上的一只纹饰繁密、轻灵雅致的乾隆青花龙纹笔洗里"噗噗"地弹着手里的烟灰。

何举人则背着双手，仰头对着墙壁上一幅临摹的巨然的《万壑松风图》

默不作声，仿佛在专心地欣赏着那幅山水画。

听到急促的脚步声，何举人扭过身看到了阿公。何举人对着阿公咧嘴笑了一下，说：“爹爹，您回来了。”

看到儿子的脸，阿公倒吸了一口凉气：他头发乱蓬蓬的，嘴唇肿得老高，满脸都是血污，铁灰色的竹布长衫的前襟被撕破了一大块。

阿公知道儿子向来脾气温和，从小到大没有跟谁发生过争执，更没有动过手。

“是谁把你打成这副模样的？国民政府的军队就是这样对待老百姓的吗？”阿公愤怒地攥紧了拳头大喊道。

三角眼把手里的烟头戳灭在笔洗里，说：“只要你们好好配合，我不会为难你们的。”

“你就死了这条心吧，我决不会替德生写什么悔过书。”何举人轻蔑地说。

原来三角眼让何举人以长子德生的口吻写一份悔过书。悔过书的内容是忏悔自己年轻不懂事误入了歧途，所以跟共产党暗地勾结，给他们通风报信，还参加了谋划工人罢工的事情。三角眼说他们要印成传单到处发放。

“我们家德生没有做犯法的事情，我不写。”何举人声音不大，但是语气很坚定。

一个士兵突然跳起来狠狠地踹了何举人一脚，说：“你这个臭教书的，真是茅坑里的石头——又臭又硬。我看你就是个贱骨头，不打不老实。”

那个士兵话音刚落，脸上就被阿公“啪”地打了一巴掌，常年劳作的阿公不比何举人，虽然年过八旬，但是他的手还是有些力气的。

那士兵捂着被打得火辣辣的脸，瞪着阿公大声喊：“我看你太老了，已经活得不耐烦了。”说着，他举起手里的步枪对准了阿公的胸膛。

阿公拍打着干瘪的胸脯大声喊：“来，有种就往这里打，你们这些兵痞就只会欺负老百姓。”

那个士兵“咔嚓”一声拉上了枪栓，说：“老子这就送你这个老家伙上西天。”

旁边的一个士兵抱住了他的胳膊，说：“兄弟，咱们是来执行任务的，你咋又冲动了？”

这个士兵眼睛一瞪，反驳道：“王老六，你杀的人比我少吗？少来教训老子！”

还是三角眼军官呵斥住了他们：“够了，你俩别鸡声鹅斗，让人看笑话。”

趁这工夫，何娘子已经绾好了头发，洗净了脸上的血迹和灰土，她拿着一块用温水打湿的毛巾走进来，想给何举人擦擦脸上的血迹。

何举人一扭头避开了她的手，说：“不必擦了，就这样吧。”

说话间，那个脸色蜡黄、长着酒糟鼻的士兵站起身来。他走到书桌前，从一本字帖上撕下了一页纸，一边揉搓一边捂着肚子往屋外走。他边走边问何娘子：“你家茅厕是不是在后院？”何娘子面无表情地点了一下头。

酒糟鼻士兵上完茅厕并不急着回书房，他溜达进了后院阿公的房间里。酒糟鼻随意地打开了阿公的衣箱，在里面东翻西检，边翻还边把阿公的衣服往地上乱丢。

这时，酒糟鼻士兵从衣箱底翻出了一身老衣，就是那种老人百年之后穿的寿衣。老人们都很重视寿衣，这种衣服一般都是用丝绸或者厚实的布料做的。

阿公勤俭了一辈子，不舍得吃不舍得穿，每一分钱都花在家人们的身上，唯独称得上奢侈的便是这身上好的用丝绸做的寿衣。那是在十年前，儿媳杜鹃用何举人从北京瑞蚨祥绸布店买回来的布亲手为他缝制的。

瑞蚨祥绸布店是京城里的老字号，名气很大，据说慈禧太后过大寿穿的都是他们店的衣服。那时候，老北京人形容一个人有钱，就会说他“头顶马聚源，脚踩内联升，身穿八大祥，腰缠四大恒”。“四大恒”是当年京城最有实力的四家钱庄。

何举人自然没有闲钱存进钱庄，但是他给阿公买了一顶黑绸缎的马聚源瓜皮帽和内联升的千层底布鞋。阿公对这套寿衣和鞋帽非常满意，这些都是他压箱底的宝贝，只等着他百年之后穿戴好了，安心地西去。

酒糟鼻士兵摘下了肮脏的旧军帽扔在地上，戴上了阿公那顶崭新的瓜皮帽。他还踢掉了臭烘烘的脏鞋子，蹬上了那双柔软舒适得像云朵一样的千层底布鞋。他看出那身寿衣很值钱，想揣在怀里把它带走。奈何阿公身材高大，寿衣也很大，根本塞不进他的军装制服里。

就在这时，阿公走了进来，他一眼看到酒糟鼻在糟蹋自己的宝贝寿衣，气得肺都要炸了。他冲过去一把从酒糟鼻的头上揪下瓜皮帽，又去抢那套寿衣，说：“快把寿衣还给我，不要弄坏了。”

吃到嘴里的“肥肉”怎么可能吐出来？酒糟鼻跟阿公争夺起寿衣来。两个人僵持不下，酒糟鼻突然从怀里摸出一把闪着寒光的匕首，“扑哧”一声刺进了阿公干瘪的胸膛里。

酒糟鼻怕留下证据，又将匕首硬生生地拔了出来，阿公的鲜血立刻从刀口喷溅出来。阿公疼得“啊”了一声，身体绵软地瘫倒在地上，手里还紧紧地抓着那顶心爱的瓜皮帽。

酒糟鼻闯了祸，倒也不惊慌。他在阿公的被褥上擦拭了刀刃上的鲜血，又重新把匕首揣进怀里，然后探头探脑地走出了房间。他冷不防撞在端着铜脸盆的何娘子身上，立刻装出若无其事的样子，又回到了书房。何娘子一心挂念着书房里的何举人，也没多想，将脸盆放回脸盆架上后跟着回到了书房。

这边三角眼军官见何举人不愿意写悔过书，也榨不出什么油水来，就命令士兵一左一右抓住了何举人的手臂往后一绑，说：“请你跟我们走一趟吧。”

何举人的手臂被他们拉扯得生疼，他使劲扭动着身体，说：“我又没有犯法，我不跟你们走。”

“你们家出了个共产党，抓不到你儿子何德生，你就要替他蹲大牢。”三角眼眼睛冒着凶光说。

看他们要把何举人抓走，何娘子号啕大哭，扑了上去，抓住三角眼的胳膊说：“你们不能带他走，他身体不好，一直在吃药。”

三角眼用力甩开被何娘子拉扯的手臂。何娘子重心不稳，摔倒在地上。

三角眼恶狠狠地冲着何娘子说：“想要救你男人也不是没有可能，你拿出五百块现大洋给我，就能把他赎回去。”可怜的何娘子一听差点儿晕过去，她一个妇道人家到哪里去找五百块大洋呢？

何举人大声喊：“别听他胡说，你不用赎我，我没有犯法，不会坐牢的。你照顾好老爹和孩子们就行了。”

三角眼不耐烦地一挥手，说：“走！”

酒糟鼻和另外一个士兵押解着何举人就往外走，酒糟鼻伤了人，到底心慌，一心想要赶快离开这里，没有看清楚脚下，撞在了院子里润生练字的一块青石砖上。他怀里的匕首带着鞘滑落在了地上，慌乱中他并没有注意到。

“石头——”阿公声嘶力竭地大喊着撵了出来。

何举人听到老父亲的呼喊后回头一看，只见阿公倚靠着门框冲他挥挥手，大声嘱咐：“石头，记住，无论在哪儿，咱们都要活得堂堂正正，宁可站着死，决不跪着生！”他说完最后一个字就靠在门框上不再说话了。

何举人转过身流着泪说：“老爹，您快回屋去，外面风大。”他说着跪倒在地上，给阿公磕了三个头。

何举人还想要说什么，押着他的酒糟鼻士兵猛然看到阿公出来了，吓了一跳，一边凶神恶煞般呵斥何举人，让他不要啰唆，一边推搡着他走出了院子。

院子外面站着很多邻居，他们都露出悲伤的神情。老汪的老婆看到被绑着的何举人满脸都是血迹，忍不住“嘤嘤”地哭泣起来。

何举人点头向邻居们示意说：“何某人感谢大家前来送行。”他觉得“送行”这两个字不太吉利，就点点头不再说什么了。

这时，何举人在人群中看到了身穿灰色貂毛大氅的金宝外公，随即又看到了被遮挡在他身后的润生和敏妹子。两个孩子满脸都是泪水，敏妹子更是大哭着想要扑过来抱何举人的腿。何举人忙将视线转向润生，示意他拉住妹妹。

朔风横扫着巷子里凋零的落叶，将那些枯黄的叶子高高扬起，又四处胡乱抛撒。叶子像一群褐色的蛾子，在空中没头没脑地乱飞着，好像在跳一场冬日里的安魂舞。

看着父亲被士兵们押着远去的背影，润生第一次体会到什么是心如刀绞。父亲的背脊依然那么坚硬和挺拔，尽管穿着厚厚的棉衣，他高耸的脊梁轮廓分明，好像就要刺破棉衣伸展出来，幻化成一双宽广的翅膀，载着他去远方。

在后来的岁月里，每当回忆起这个片段，润生都能从父亲傲然挺立的背影里获得面对困难的无穷力量。

何娘子没有追出院门，因为她看到阿公的身体乏力地靠在门框上，就上前想要扶老人回屋休息。谁知她手一碰到阿公，阿公就双眼紧闭直挺挺地仰面倒了下去。

何娘子这才发现阿公胸前的棉衣浸满了鲜血，他已经咽气了。原来阿公刚才是拼尽最后一丝气力，送了儿子一程。

“阿爹，您怎么就这样走了？”何娘子坐在地上，对着阿公的尸身哀号起来。她凄凉的哭声穿过院子传到了街道上。

这时，连邻居老汪都忍不住抹着眼泪说：“造孽啊，这些兵痞把好好的一个家都给毁了。”润生听到哭声，拔腿就往家里跑去。

“是妈妈在哭。”敏妹子说着，也迈着短粗的小腿跑了起来。金宝和他的外公、舅舅跟在兄妹俩身后。

走进院子，润生他们倒吸了一口凉气。原本整洁的院子里凌乱不堪。润生心痛地看到自己用了五年多的青石砖被士兵们砸坏了很多。就在这时，润生发现了一件东西——青石砖的间隙里躺着一把带着黑牛皮鞘的匕首。

润生弯腰捡起匕首，将它从鞘里抽出来，眼前寒光四射，那刀刃上还带着没有擦干净的血迹，木头刀柄上刻着两个歪歪扭扭的字——秦莽。润生没有声张，把匕首放在了棉裤贴身的口袋里。

他们进了屋子，这里一片狼藉。何娘子跪在地上放声痛哭，她面前躺着疼爱孩子们的阿公。润生扑倒在阿公的尸体上号啕大哭起来，他不敢相信，刚才还在跟自己一起看傩戏、有说有笑的阿公就这样走了。

金宝外公和舅舅也在一旁默默地流泪。金宝舅舅去厨房烧了一盆热水端来，又去找来毛巾给阿公擦拭身体，他们这才发现老人的胸口是被匕首刺伤的，阿公是因为失血过多死亡的。

金宝外公和舅舅为阿公穿上了他心爱的寿衣，戴上瓜皮帽子，穿好千层底布鞋。润生想到了什么，跑回自己的屋里拿出两块亮晶晶的大洋塞在阿公冰冷的手里，说："阿公，您勤俭了一辈子，给您带些钱上路吧。"大家听到都哭了起来。

金宝舅舅愤怒地说："这帮狗仗人势的浑蛋，怎么能杀害一个手无寸铁的老人呢？我们要为何老伯报仇。"

十年前阿公的棺木就准备好了，一直存放在后院里。他几乎每年都会重新上一道油漆，从七十岁打棺木算起，如今已经上了十道油漆。

金宝外公叹气说："如果不是遇见这些活阎王，凭老爷子的身板，再活个十年八年都没有问题。"

听他这么说，何家母子想到阿公的善良和勤劳又痛哭起来。

痛失温暖的家

在金宝外公和舅舅的帮助下，何娘子带着润生和敏妹子安葬了阿公。

从墓地回来后，何娘子面对失去了主心骨阿公、被带走了顶梁柱何举人的家，觉得人生好似失去了方向，一切都变得没有了生趣。何娘子心力交瘁，病倒了。

卧病在床，何娘子一心想着怎样才能凑够那笔高昂的赎金，好早些把丈夫救回来。她甚至想到了要变卖这座老宅，但是一时找不到合适的接手人。何娘子翻出了自己的一些金银首饰，撑着沉重的身体去了当铺。不一会儿，她珍爱的那几件首饰就变成了几块冷冰冰的大洋。

何娘子变得越发郁郁寡欢，她摘下了那对美丽的翡翠杜鹃花耳坠。从此，何娘子不再梳洗打扮，头发乱蓬蓬的，脸色蜡黄。她很少进厨房了，好像也不知道饥饿。

这天，何娘子在外面折腾了一圈又无功而返。她乏力地躺在床上默默地流着泪。

耳边响起了细碎的脚步声，何娘子知道有人进来了。她挣扎着抬起头，看到女儿敏妹子端着一个大青花瓷碗小心翼翼地走了进来。

敏妹子把碗放在茶几上，走到床边轻声说：“妈，你几天都没好好吃饭了，我给你下了一碗米粉，还卧了两个荷包蛋，你快趁热吃吧。”

何娘子惊讶地问：“你啥时候学会煮米粉的？”

敏妹子说：“我是跟邻居汪大婶学的，你尝尝好吃不。”她说着挤出了一丝笑容，但小脸上还是有一种难以掩饰的悲伤。

敏妹子是一家人的心肝宝贝，阿公和爸爸都特别喜欢这个活泼可爱的小姑娘。以前，她的生活无忧无虑。如今，这个年仅五岁的小姑娘竟开始主动承担起家庭的重担了。

看着女儿自己梳的乱糟糟的小辫子和沾着面粉的小脸蛋儿，何娘子的眼泪又流了下来。这段日子她一直沉浸在自己的悲伤里不能自拔，忘记了同样悲伤的还有儿子和女儿，这两个孩子和自己一样，也失去了亲爱的家人啊！

何娘子看着懂事的女儿，不由得自责起来，这段时间她都没有顾上这两个孩子，自己吃不下，可是孩子在长身体不能不吃。天气变冷了，他们还穿着单薄的衣裳。

想到这儿，何娘子冲着敏妹子张开了双臂，仿佛对女儿打开了自己的心扉。敏妹子立刻像小鸟一样扑进了母亲的怀抱，母女俩相拥着放声大哭起来。她们用哭声宣泄着心里的痛苦，用泪水弥补了这段时间感情上的疏远。

哭了一阵，何娘子擦了擦眼泪，用枕巾帮敏妹子抹去泪水，问："润生在干吗呢？"这是她这段时间第一次关心自己的孩子。

"我哥跟着水伢子他们去捡煤核儿了，他说天冷要多捡些煤核儿给家里烧饭取暖。"敏妹子说。

捡煤核儿是家庭贫困的孩子们贴补家用的一种方式。穷人家一到冬天，取暖、做饭、烧水、烧煤就成了大问题。县城政府楼后面有一座锅炉房，是给工作人员供应开水的。那座锅炉房每天都会清理煤渣，于是，一些贫困家庭的孩子就会一手提着篮子一手拿着小竹耙子去锅炉房后院的垃圾堆里捡煤核儿。

从前润生家是不用这样做的，但是从现在起他也要为母亲分忧，他也学着水伢子他们提着篮子去捡煤核儿了。何娘子挣扎着坐起来吃了敏妹子煮的米粉。她觉得自己从来没有吃过这么香的米粉，连碗里的汤都被她喝得一滴也不剩。

敏妹子在一旁不住地问：“妈，你吃饱了吗？”

“吃得很饱，也很香，谢谢你。”何娘子感激地看着女儿说。她又说：“从现在起妈妈要打起精神来，我们一起等你爸爸回来。”敏妹子用力点点头，大眼睛里亮晶晶的，噙满了泪花。

一碗米粉下肚，何娘子觉得自己恢复了精神。她端着空碗走到厨房，想给润生和敏妹子做一顿可口的饭菜。看到厨房里润生捡回来的那一小堆煤核儿时，她忍不住坐在灶台前的小凳子上捂着脸又“呜呜”地哭了起来。她这次流的是开心的泪水，她发现孩子们一下子都长大了、懂事了。

润生提着一篮子煤核儿刚进院子就闻到了一股香味儿，那是他熟悉的霉干菜的香味儿。十来天都没有好好吃饭了，润生的肚子“咕咕”地叫了起来。

敏妹子听到院子里有声音，跑出来看到哥哥润生，跑过去抢着帮哥哥提篮子，说：“哥，妈做霉干菜了。”

兄妹俩走进屋子，何娘子已经盛好饭菜了，她看到儿子脸上抹的烟灰和手背上的划伤，心疼地说：“润生，快洗洗手吃饭吧。”

这顿饭是这些日子里润生和敏妹子吃得最香、最饱的一顿饭。吃完饭，润生又给妈妈带来了一个好消息。

“妈，我今天去政府楼后面捡煤核儿遇到了王秘书，他说要放我爸回来了。”润生说。

王秘书是巷子里的一个老街坊，自从何举人被抓走后，何娘子时常去找他帮忙往牢里给何举人送衣物和带话。

何娘子喜出望外地问：“真的吗？啥时候？”

“王秘书说就在明后天，到时候我们可以去接爸爸。”润生说。

母子三人正高兴地聊着天，有人在院子里大声喊：“家里有人吗？”

何娘子和孩子们走到院子里，看到了提着黑色公文包的王秘书。

他对何娘子说：“明天上午十点钟，你们去县政府接老何回家吧。”

“谢谢你了。”虽然听润生说过了，但是听到王秘书亲口告知他们，何娘子感到心里更踏实了。

王秘书转身走到院门前又想起了什么，说：“你们明天最好抬一副担架，老何身体虚弱，走不了远路。”

“好的，一定。”何娘子千恩万谢地送走了王秘书，和润生商量着把阿公拉稻草的架子车找出来，明天去接何举人。

第二天，母子三人起了个大早。他们在架子车上铺了一床棉絮，又放了一床被子，推着车出了院子。

邻居老汪看到后问明了情况，说：“我正好有空，陪你们一起去接老何吧。”

他们走到县政府门前，站在那儿张望着，不知何举人会从哪儿放出来。

这时，两个士兵架着一个人从院子里走了出来。

一个士兵看到他们，问：“你们是来接何锦章的吗？”

何娘子连忙点点头。她看到何举人的脸像纸一样白，整个人虚弱得直不起腰来。老汪像抱一捆稻草一样，把何举人抱起来放在架子车上。他们推着车子回了家。

十年前何举人感染了痨病，就是现代人说的肺结核。那时他整日干咳、发低烧、出虚汗，人变得很消瘦。为了治病，何娘子还陪着他去了一趟北京。在北京他们看的是西洋医生，那医生给何举人打针，让何举人吃药，控制住了何举人的病情。他们就是那次去北京给阿公买回了做寿衣的丝绸和鞋帽。

虽然何举人的病情控制住了，但他的身体变得很虚弱。今年入冬的时候，他没有及时添加衣物受凉了，就又犯病了。这回何举人吃的是中药，中药本来就见效慢，这十来天断了药，让何娘子很担心。果然，一回家何举人就发起高烧来，他一边剧烈地咳嗽，一边问："娟妹子，我……我爹呢？"

何娘子见瞒不住，就如实地把阿公被士兵刺杀的事情讲了一遍，何举人一听急火攻心，吐出一大口血，这可把何娘子和两个孩子吓坏了。润生请来了医生，那位老中医一给何举人号脉，脸色就变得很阴沉。

最后，医生以开药方为借口走出屋子，低声对跟出来的何娘子说："人已经不中用了，你们准备后事吧。"

"什么？请您救救他吧，他才四十出头。"何娘子哀求道。但是她看到医生暗淡的目光，又看看气息奄奄的何举人，也知道没有办法挽回了。

三天后，何家又办了一场丧事，灵堂还是设在院子里，这回走的是家里的顶梁柱何举人。亲朋好友都来悼念，金宝和他外公也来了，何举人教过的一些学生也来了，他们一边流泪，一边念叨着何举人的种种好。

一个家庭在一个月之内连续办了两场丧事，也真是悲惨。何娘子和两个孩子披麻戴孝，跪在灵堂前，何娘子一次又一次地哭得昏过去。

守灵需要三个晚上。第二天深夜，灵堂前只有何娘子带着润生和敏妹子。这时，来了一个吊唁的人。那人用帽子将脸遮住，跪下去磕了三个头。何娘子还以为他是何举人的某个学生，她疲惫地耷拉着脑袋跪在一旁，并没有在意。

一旁的敏妹子突然轻声地叫起来："大哥？你是大哥吧？"

敏妹子的话引得何娘子抬头看去，果然，帽檐下露出了剑眉星目和高挺的鼻梁。来人正是何娘子朝思暮想的长子德生。

何娘子声音颤抖地说："德生，你可回来了。"她边说边想站起来，但是跪的时间太长了，双腿发麻，加上连日来过于疲惫，身体软绵绵的，她根本站不起来。

见自己被妈妈和妹妹认出来了，德生也不掩饰了。他跪在地上又给父亲的灵位磕了三个头，接着他转身跪着叫了一声："妈，儿子不孝，我来迟了。"

虽然是在寒冷的深夜，但何娘子还是怕德生被人看到，她忙带着儿子躲进了书房。看着眼前熟悉的陈设，想起自己从小跟着父亲学习时的情景，德生忍不住失声痛哭起来。

品学兼优的何德生是中学学生会主席，他痛恨国民党对百姓的欺压和掠夺，又受到了革命思潮的影响，在政治上追求进步。德生很欣赏中国共产党一心为民的思想，通过同是学生会主席张凯的介绍，他认识了陈军长。在陈军长的鼓励和支持下，德生加入了中国共产党，还参与策划了一场工人罢工和学生游行示威活动。

德生的同学张凯一直嫉妒他各方面都比自己优秀，比如，明明是自己先认识陈军长的，他本来以为这回自己终于可以超过德生了，不承想陈军长很欣赏德生的才华，对德生委以重任。强烈的挫败感让张凯嫉妒得发狂。他一心想让德生栽个大跟头，于是写了一封匿名信，揭发德生“勾结共产党，策划革命活动”。

这封信引起了国民党的重视，他们抓捕了一些中国共产党员，以及一些参与策划的人员。他们得知德生要回老家探亲后，还通知驻扎在乐安县的国民党军队，让他们派人去德生家围堵他。

好在红军方面也知道了这个情报，他们帮助德生躲过了国民党军队的追捕，让他乔装打扮躲到了根据地井冈山。

当德生从在乐安县打游击的红军部队那里得知阿公去世的噩耗，他请示组织说要回家探望。考虑到他和家人的安全，组织没有批准。不久后，德生又听到了父亲去世的消息，他再也按捺不住了，连夜赶回了乐安的家。

“你有什么打算？”何娘子冷静地问。

“妈，我被国民党政府盯上了，已经回不到从前的生活了，我来看看你们就又要回去了。”德生说。

听了哥哥的遭遇，润生钦佩地说：“哥，你真是好样儿的。”

德生却流着泪说：“都是我不好，连累了阿公、爸爸和你们。”他说着跪在地上给何娘子连连叩头，他希望以这种方式减轻心里的愧疚。

何娘子叹气说：“不怪你，国民党政府实在是不得人心，就算你不参加红军，咱们家或许也有一天会被逼得走投无路的。”

德生说：“国民党政府抓壮丁、征重税、杀人放火，弄得民不聊生。你们知道吗？在湖北省红安县就有很多人参加革命，咱们兴国参军参战的人也不在少数。”

“大哥，你还走吗？”敏妹子问。

德生沉默了几秒，坚定地说：“我这就要走了，我这次回来是跟你们告别的。”

“孩子，你要去哪里？”何娘子忙问。

德生摇头说：“还不知道。”说着，院外传来了几声狗叫，德生说：“是同志们在催促我走了。”

他紧紧地拥抱着母亲说：“妈，我走了。”何娘子失声痛哭起来，她知道这次跟儿子就是生离死别了。德生又拥抱了一下润生和敏妹子，说：“你们要听妈妈的话。”说完，他咬着嘴唇生怕自己哭出来，横下一条心转身大步流星地走了。

何娘子哭着追了出去，可是德生的身影已经消失在了黑暗中，何娘子一个趔趄摔倒在院门口。润生一边埋怨哥哥铁石心肠，一边上前扶起了妈妈。他和妹妹一起把妈妈搀扶到床上，给她盖上棉被让她休息，难得的是这次何娘子并没有拒绝。

润生让妹妹陪着妈妈休息，自己在灵堂前为父亲守灵。

第二天天蒙蒙亮，润生惊讶地看到母亲一夜之间头发几乎全白了，好似下了一场大雪般洁白。可见这一晚，何娘子的内心经历了怎样的痛苦煎熬。

何润生从前读过“伍子胥过昭关，一夜愁白了头”的故事，他还跟金宝讨论过，伍子胥的头发是不是真的在一夜之间变白了。

润生说：“我认为这只是一种写作手法，跟《诗经》六义‘风、雅、颂，赋、比、兴’中的‘比’一样。”

金宝摇头说：“那可不一定，你没有见过不等于世上就没有。”最后两人谁也没有说服谁。

润生感慨地想：看来“一夜白头”并不是文学作品中的夸张。

何娘子觉察到儿子看自己的眼神有些惊讶，她伸手摸着脸颊和头发，问：“你怎么这样看着我？难道我的脸和头发沾上了香灰吗？”

敏妹子听到声音也睁开了眼睛，她一眼就看到了妈妈的满头白发，惊呼道：“妈妈，你……你的头发怎么一晚上都变白了？你一夜间变成老奶奶了。”

何娘子听了忙跑到梳妆镜前，她看到镜子里有一位白发苍苍的老奶奶，也吓了一跳。何娘子摸着满头的银发，默默地流泪了。

“看来我该走了。”何娘子心里默默地想。敏妹子知道天生丽质的妈妈相当注重自己的容貌，此刻，她一定很难过。

敏妹子正想该怎么安慰妈妈，没想到妈妈却抹去脸上的眼泪说：“妈妈去给你们做饭，吃完饭我们好送爸爸上山。”

但是，吃早饭的时候，何娘子没有给自己盛饭，只是喝了几口水。

“妈妈，你咋不吃饭？”敏妹子问。

何娘子摇头说：“我不饿，乖孩子，你快吃吧。”说着她拿出那对最喜爱的翡翠耳坠，对润生兄妹说：“这对耳坠送给你们，你们一人一个吧。”

润生忙摇头说：“您的耳坠，还是您自己保存吧。”

敏妹子也把手背在身后说：“是妈妈的，我不要。”

何娘子将两个耳坠放在孩子的手里，一人一个，说：“请你们帮妈妈保存吧。”

何娘子找了两根红绳分别系在两个翡翠耳坠上，耳坠变成了可以挂在脖子上的翡翠吊坠。她亲手把吊坠挂在润生和敏妹子的脖颈上。

见妈妈执意送给自己和妹妹，润生只得小心地把吊坠挂在衣襟下面。

那真是一个精美的翡翠吊坠，贴在胸口感觉冰冰凉、沉甸甸的。

刚吃完饭，老汪夫妻、金宝外公，还有其他一些邻居和好友都来参加何举人的出殡仪式了。他们看到何娘子的头发几乎全白了，也都吃了一惊。

好在何娘子的情绪已经没有那么激动了，她平静地对金宝的外公说：“感谢您的帮助，我家润生今后还要劳烦您多照顾。”

金宝外公摆手说：“别客气，咱们就像一家人一样。”他也打心眼儿里同情这个可怜的女人。

看到老汪的媳妇，何娘子又说：“汪大婶，能跟你们做二十多年邻居是我的福气，我家敏妹子脾气好，也懂事，就是胆子小，还请你们多照看她。”

老汪的媳妇说：“我一直都把敏妹子当自己的闺女看。”说完这句话，她觉得有些奇怪，一种不祥的预感笼罩在她的心头。

出殡的过程很顺利，到了要抬何举人的棺材上山掩埋的时候，老汪的媳妇劝何娘子不要跟着去了，免得伤心。

何娘子坚持要去，说：“我们夫妻一场，我一定要亲眼看着他入土为安。”

大家在阿公坟墓的旁边挖了一个土坑，就在将棺材抬进土里的一瞬间，何娘子一头撞在了棺材上，立刻满头流血，绵软地倒在了地上。

大家上前查看时，何娘子用尽力气说：“请把我和老何埋在一起吧。”说完，她头一歪，咽下了最后一口气。

金宝外公和老汪的媳妇想起了何娘子之前说的那些话，才明白那是何娘子在交代自己的后事。

不仅润生和敏妹子，连见多识广的金宝外公都惊呆了。润生和妹妹扑在妈妈的尸体上号啕大哭，他们用哭声宣泄着心里的痛苦和绝望。

大家都看向金宝的外公，老人家沉吟片刻说：“我们就尊重何娘子的遗愿吧。”

老汪的媳妇和几个女人帮忙把何娘子脸上的血迹擦干净，男人们打开棺材把何娘子的尸体摆放进去，人们一边流着泪一边填土，掩埋了这对不幸的善良夫妻。

白色的纸钱在寒风中飞舞，像一群疯狂而绝望的白蝴蝶。那之后的一段记忆至今对润生来说都是一片空白，他是晕倒后被人们背回家的。

第四章

寒冬盼春归

润生参加革命

就这样，年仅十一岁的润生经历了世间最悲惨的事情，他送走了自己的爷爷、父亲、母亲。他还为投奔红军的哥哥，在心里垒起了一座高高的坟茔。

从那天起，润生再也没有见到过哥哥德生。

埋葬父母后，润生就病倒了，他不仅得了重感冒，而且还被接连失去亲人的悲伤击倒了。润生忽而身上打着冷战，上下牙齿咬得“嘎嘣”响，身体抖动得像一片在寒风中飘摇的落叶；忽而又热得盖不住棉被，满脸通红，额头和身体滚烫。

润生卧病在床的日子里，多亏了妹妹敏妹子和邻居老汪夫妻的悉心照顾，好友金宝更是每天都来看望他，有时他还提着饭菜，天黑了就陪润生住一宿。

润生很不习惯现在的家，原本住着五个人的院子，现在变得空荡荡的，连说话声音大一些都会有回音，不常去的屋子里还结了很多蜘蛛网。

躺在床上，润生想得最多的除了去世的阿公和父母，就是怎么亲手杀了那个三角眼军官和酒糟鼻士兵。经过打听，酒糟鼻士兵叫秦莽，那把匕首就是他的，一定是他杀害了阿公。每当夜深人静时，润生就会拿出那把匕首，幻想着将这把匕首插入酒糟鼻士兵的胸膛，为阿公报仇。

“血债血偿，杀一个够本，杀两个赚一个。”润生心想。

他又想到不能连累妹妹和好友金宝。于是他对妹妹说：“你住到汪大婶家去吧，他们想认你做干女儿，已经给你准备了一间小屋子，这样就有人照顾你了。”

敏妹子跟邻居老汪家很熟。她从小跟老汪的儿子铁锁和铜锁一起长大，汪伯伯和汪大婶都很疼爱她。但是让她离开家，敏妹子还是舍不得哥哥。

她坚决地说：“不，只要哥哥在，我就有家，有家的人是不用去别人家的。”

见妹妹执意不肯离开自己和家，润生就故意找碴儿对妹妹发脾气，想把她气走。妹妹给自己端来温水，润生就说要喝热水；端来热饭热菜，他不是说咸，就是说淡，反正就没有满意过。

一天，润生故意发脾气，将敏妹子煮的一碗米粉摔在地板上，米粉泼了一地，碗自然也被摔碎了。那可是妈妈生前最喜欢的一个景德镇的花瓷碗，碗上用金线勾画出大朵的牡丹，还有茂密的叶子和几只可爱的小蜜蜂，很精美。

敏妹子终于受不了了，她委屈地蹲下身去捡那些碎碗片，流着泪说：“哥，我知道你生病了心情不好，但是你别总冲我发火啊，我和你一样，也失去了阿公和爸妈，也很难过。”

敏妹子长得很可爱，她有一张红苹果一样圆圆的脸蛋，家人都亲昵地叫她“红苹果”。妈妈和阿公逗她玩儿时会说：“来，让我咬一口红苹果。”

敏妹子就笑嘻嘻地把小胖脸凑过去，还叮嘱道：“你可轻点儿咬啊。”他们就象征性地在她脸上亲一下，说：“好香好甜的红苹果。”敏妹子就会开心地“咯咯咯”笑起来。

润生看到妹妹的脸颊失去了昔日的红润，圆脸变成了下巴尖尖的瓜子脸，眼睛倒显得越发大了，头上的小辫子是她自己扎的，看起来乱蓬蓬的。润生心里不由得生出几分怜惜，他知道自己不能再这样对待妹妹了，即使是为了她好。

“哎哟！”敏妹子发出了一声惊呼，一块碎瓷片刺破了她柔软的手指，殷红的血立刻流了出来。润生忙挣扎着下床，拿起一张草纸帮妹妹止住血，又将自己的手帕包裹在妹妹的伤口上。

敏妹子默默地看着哥哥为自己包扎，轻声说了一句：“哥，我好想阿公和爸妈。”两个孩子的情绪一下子崩溃了，他们拥抱在一起号啕大哭起来。

这一幕恰好被来探望的金宝看到了，他静悄悄地看着这对可怜的兄妹，泪水也扑簌簌地落了下来。

不能赶走妹妹，润生只能想别的法子。他想起了小姨，父母去世后，嫁进山里的小姨托人捎话，说要来接兄妹俩去山里住一阵子。

果然，几天后小姨和姨夫就赶着驴车来了。看到外貌酷似妈妈的小姨，两个孩子都扑进了她的怀抱。小姨不但长得像妈妈，连说话的声音和身上温暖又清新的气味，都跟妈妈一样。

“小姨，我好想妈妈啊！”敏妹子哭着说。

小姨搂着敏妹子温柔地说：“好孩子，你就把我当作妈妈吧。”

跟小姨他们去山里住，敏妹子倒是很愿意。山里的日子虽然清苦，但是小姨和姨夫待他们很好，而且山里环境优美，还有三个表弟妹做伴儿。

小姨和姨夫住了一晚，他们决定第二天清早就赶回去，毕竟家里还有三个孩子和一堆家务事。

第二天，一家人起了个大早。

小姨进厨房做了简单的早饭，鸡蛋花甜汤和葱花饼，两个孩子吃得很香。

临走时，润生突然神情忸怩地对小姨和姨夫说："姨夫、小姨，我……我在跟金宝外公学习傩戏呢，先不跟你们去了。等过一阵子我学好了再去找你们吧。"

润生说这些话的时候有些心虚，因为东湖村的滚傩神历来只在杨氏家族里传承，世代相袭，从不外传的。

好在小姨和姨夫常年在山里生活，他们对傩戏能驱除灾难深信不疑，也很敬畏会跳傩戏的人，而且他们压根儿没有想到傩戏从不外传这回事。就这样，润生如愿独自留在了家里。

冲着小姨夫妻和妹妹使劲挥挥手，眼看着他们赶着驴车"吱呀呀"地出了院子消失在巷子的尽头，润生松了一口气，心里像是放下了一块大石头。

"我终于可以放手一搏了。"润生想着不由得攥紧了拳头。

润生从枕头下拿出了那把匕首。他一手拿着鞘，一手握紧木柄，缓缓地抽出了那把寒光闪闪的匕首。润生的心里喷涌着一股力量，那力量差点儿让他按捺不住想要冲进国民党军营里，用这把匕首除掉那个叫秦莽的士兵和三角眼军官的冲动。

前段时间，润生跟着巷子里的穷孩子水伢子，一起去县政府的院子里捡煤核儿。他的目的不仅是捡煤核儿贴补家用，还包括乘机去寻找那个三角眼军官和酒糟鼻士兵，因为国民党军队就驻扎在县政府附近。

经过一段时间的现场侦察，润生不但找到了那个军官，还看到了酒糟鼻士兵。

经过观察，润生发现酒糟鼻士兵每隔一天就站一次门岗，有时是白天，有时是夜里。在夜里，那些士兵会在晚上十二点换岗。快到换岗的时候，他们都很疲惫了，因为晚上没有人监督，他们会靠在军营前的一根花岗岩柱子上打盹。

润生昨晚去看过了，不是那个酒糟鼻士兵值班，今晚就应该是他了。润生不想再等了，他决定今晚十二点之前就动手。

金宝下午又来看望润生了，他知道润生和妹妹要去他小姨家，过来看看他们啥时候动身，没想到只有妹妹被接走了。金宝就又回了一趟家，他带来了两个人的饭食，想着吃过晚饭就住在这里陪伴润生。

“润生，饿了吗？我外公做了你最爱吃的红烧肉，还是乐安花猪肉呢。”金宝边说边把提着的饭盒打开，一股诱人的香味儿四溢开来。润生只吃过早饭，现在他的确饿了。润生道了一声谢，就狼吞虎咽地吃了起来。

看润生吃得这么香，金宝知道他饿坏了，索性把自己的那份饭也拨进了润生的碗里。润生感激地看着金宝说：“我不能把你的那份也吃了啊！”

“快吃吧，我中午吃多了，这会儿肚子还撑得很呢。”金宝说。他难过地想：润生一直被妈妈照顾得那么好，啥时候受过饿肚子的苦啊！

想到这儿，金宝说：“既然敏妹子不在家，你就住到我家去吧。晚上咱俩打对脚还暖和，而且你吃饭也方便。”

“以后吧，以后再说。”润生大口扒拉着米饭，心不在焉地应付着。

金宝觉得润生今天很反常，不论跟他说什么，他都是一副心事重重的样子。金宝心想润生可能是舍不得妹妹走，想她了。

“你为啥没有去你小姨家？是这边有事情要处理吗？你连被子都没有叠，是一直躺着吗？”金宝说着走过去帮他叠起了被褥。

润生吃着饭突然想起了什么，忙说：“快住手，你别叠被子了。”说话间，金宝已经抖动起被子，一把带着刀鞘的匕首“当啷”一声掉落到了地上。

金宝弯腰捡起那把匕首，疑惑地问：“你是从哪里找到这个的？”润生看到金宝发现了自己的秘密，紧张得满脸通红，放下了手中的碗筷。

金宝在刀柄上看到了那两个刻得很丑的字——秦莽。他想到润生的阿公就是被人用匕首刺杀的，突然醒悟说：“是这个人杀死你阿公的吗？”

润生见瞒不住了，点头说：“这就是那个士兵掉在我家院子里的，我捡到的时候，刀刃上还有没擦干的血迹呢。”于是，润生把找到匕首的经过原原本本地讲述了一遍。

金宝听了叹息说：“此仇不共戴天，但是让你独自去冒险我不放心。今天晚上咱们一起去吧。”

润生摇头说：“不行，我不能让你跟着冒险。我死就死了，你还有一大家人，如果他们被牵连了，怎么办？”

听润生提到他的家人，金宝犹豫了几秒，然后又说：“我帮你望风，如果有危险咱们就一起撤。”润生还是不同意，但是架不住金宝一心想要跟着他去。

润生只得说：“那你离我远一些，如果我被发现了，你就赶快跑，千万别被他们抓住了。”

等到午夜时分，润生和金宝出了门。润生的棉衣兜里装着那把匕首，金宝肩膀上扛着一根手腕粗的木棍。

这天夜晚没有月亮，四周黑乎乎、静悄悄的，偶尔传来几声狗叫。两个孩子沉默地向着县政府的方向走去。县政府那边黑乎乎的只有一个老人在看大门，老人独自坐在门房的小屋里，点着一盏油灯。

不远处就是国民党军营。那里很明亮，有的房间点着油灯，有的房间用的还是最新式的电灯。润生和金宝走到军营前的一大丛常绿灌木旁，从灌木间的缝隙往军营的方向张望。

润生指了指军营门前站岗的士兵，示意金宝那个就是他要找的人。

金宝轻声问：“你确定是他吗？”润生又定睛看了看，坚定地点了点头。经过前段时间的观察，他对那个士兵的体貌特征了如指掌。

润生轻声说：“你待在这里别动，我悄悄地爬过去。”

金宝问：“你打得过他吗？”

润生冷静地说：“打不一定打得过，我可以突然袭击。”说完，润生俯下身悄悄地前进。这件事情他已经在脑海里演练了无数次，现在终于要付诸实施了，他心里很激动。

金宝看着润生蹲下身越过灌木丛，在黑夜里缓缓地向军营门前挪去。军营门前燃着一盏马灯，那个士兵靠在灯光照不到的阴影里一动不动，好像在打盹。润生一手紧握着匕首，一手扒拉着身下的枯草蹲着身慢慢向前走。他的心脏怦怦直跳，眼睛好像在喷火，此刻的他就像一个小小的复仇之神。

润生只顾着往前挪动，脚下不知碰到了什么软绵绵的东西，他差一点儿摔倒。就在那电光石火的一瞬间，润生的嘴巴被一双有力的大手捂住了。

润生被那人按在了地上，与此同时，灌木丛里的金宝也遭到了同样的“袭击”。

正当润生一头雾水时，灌木丛里冒出了一伙人，他们冲向了军营。随着第一声清脆的枪响，枪声、刀刃撞击声、呐喊声、厮杀声瞬间被引爆了，那是润生第一次目睹战斗场面。

不知过了多久，有人扶着一个腿上受伤的人走回来，他对捂着润生嘴巴的人说：“你带着小赵先撤，快！”

等那人松开捂着润生嘴巴的手，润生就迫不及待地说：“我知道，你们是红军。”

见那个人愣住了，润生说：“别担心，我不会大喊大叫的，我要跟你们走。”

那人用一种悦耳的北方口音轻声说：“孩子，你快回家吧，这里不是你该来的地方。”说完，他扶着受伤的人就走。润生也上前搀着伤员，说：“我来扶你吧。”

那人又说：“快回家去，子弹不长眼！”说着他把伤员背在背上，快步走进了黑暗中。

润生想要去追赶他们，却被金宝叫住了：“你去哪儿？”

“他们是红军，我要跟他们走。”润生说。他向那人走的方向跑了几步，又回头说：“金宝，你快回家吧。”金宝怕暴露身份，不敢喊润生的名字，他只能眼睁睁地看着润生消失在无边的黑夜里，就像一滴水融进了大海里。

那人背着伤员在前面走，始终躲在街巷房屋的阴影里，好像隐身了一

样。润生沿着小巷很快就追了上去。他怕被那人驱赶，就悄悄地尾随在他们身后。

不知走了多远，那人在一户门前轻轻用手指叩了三下，门立刻打开了。那人扶着伤员闪了进去，润生也急忙一侧身硬挤进了屋子。看到他们身后又出现了一个瘦小的身影，屋子里的人都吓了一跳；等看清楚进来的是个小孩子，他们又都松了口气；再一看，原来是县城里何举人的小儿子何润生。这里其实是草编店刘老板的一处房产，刘老板的真实身份是中共地下党员。

刘老板诧异地问："润生，你怎么跑来了？"

润生想起上次在草编店偶遇陈军长的事，他明白刘老板也是红军，于是说："刘老板，我想参加红军。"

刘老板吓了一跳，说："润生，这话可不能让别人听到了。"

润生突然哭了起来。看到他哭了，几个人走过来问："这孩子是谁？"

有人说："他是我们今晚偷袭军营时遇到的孩子，不知这么晚这孩子在那儿干什么。"

润生边哭边把自己想要暗杀的事情说了出来，他还拿出了那把匕首。一个留着络腮胡子的人接过匕首看了看，说："这把匕首上还刻着名字呢。"

"那个秦莽就是用这把匕首杀害了我的阿公。"润生哭着说。

正在这时，又有人敲门。打开门进来了几个人，他们还搀扶着两个伤员。润生一看，惊喜地叫了一声："宁班长、银根哥。"

宁班长定睛看了看润生，露出茫然的神情。润生忙说："那天晚上，我们在陈老爷的院墙上写标语……"

"哦，对，就是你。"宁班长高兴地说。他又皱眉问："不是告诉你别出来乱跑吗？太危险了！”

润生说：“我要给阿公和父亲报仇。”

一旁的刘老板简要讲述了润生的遭遇和今晚他们的行动，还拿出了那把匕首。

宁班长问：“你要刺杀的是门口那个站岗的酒糟鼻士兵吗？”润生点点头。

宁班长笑着拍了一下身旁的少年，说：“那你感谢银根吧，他帮你报了仇。”

吴银根红着脸说：“你说的那个三角眼军官，在枪战中被我击毙了。”

润生一听，激动得泪流满面，他“扑通”一下跪在地上，哭着对宁班长他们说：“谢谢你们替我报了血海深仇。”

宁班长连忙像抓小鸡一样把润生拽了起来，说：“好孩子，快站起来说话。”

这时，从巷子里传来一阵嘈杂的喊声，紧接着还有拍门声和狗叫声。

有人建议：“咱们赶快撤吧，被他们追上来老刘就麻烦了。”

一伙人背着伤员，拿起各自的武器，借着夜色的掩护从后院往外走。润生想都没想，跟着也往外走。

宁班长说：“润生，你快回家吧！”

润生说：“我……我已经没有家了。”

“那你去找亲人们吧。”

“你们就是我的亲人。”

“你跟着我们能干吗呢？”

“我要参加红军。”

“可是你还小呢。”

“银根哥不是十岁就参加红军了吗？”

“他是走投无路了。”

“我也一样。”

宁班长还想说什么，那位留着络腮胡子的叔叔叹了一口气，说：“就带上这个孩子撤吧。”

就在那一晚，何润生参加了革命。

那一年，他十一岁。

成为一名宣传兵

何开阳觉得好像挖掘出了一个宝藏。他从没有想到，爷爷的心里埋藏着这么多动人的往事。

十二岁的何开阳是个思想单纯的男孩，他的生活从来都是简简单单的，像一杯清澈的白开水。现在他才真切地感受到曾经还有那样一段不同寻常的岁月。历史课本上的那些内容都生动地呈现在了眼前，第二次国内革命战争、共产党、红军、宣传标语、国民党政府、白军……

何开阳满怀敬意地说：“爷爷，同样是十一二岁，你们冒着被抓、被关、被杀害的危险去写宣传标语，手握匕首为亲人们报仇，干了我们无法想象的事情，你们可真棒！”

爷爷叹气说：“在那个战争年代，很多孩子都被迫早早走向了成熟，担起了本不属于他们的重担。”

听爷爷讲述他小时候的故事，何开阳心情有些复杂。他从前觉得学习是一件麻烦又枯燥的事情，现在才知道学习大概是天下最幸福的事情了。

何开阳好奇地问：“爷爷，您才十一岁，参加红军能干什么呢？”

爷爷说：“是啊，这个故事还没有结束呢。”

那一晚，何润生去国民党军营刺杀三角眼军官和酒糟鼻士兵，误打误撞遇到了袭击军营的红军队伍。他坚持跟着宁班长他们离开了家。因为队伍里有伤员，宁班长他们一路走走停停，凌晨三点多终于到达了红军驻扎在山坡上的营地，那是一座破旧的寺庙。大家都疲惫不堪，吃了一些干粮，喝了一些冷水，东倒西歪地躺在一张大通铺上睡觉。

宁班长把自己的铺位让给了润生，自己披着一件旧羊皮袄圪蹴在了土墙的角落里，很快就打起了呼噜。润生本来已经很困了，但是经过这番折腾他反而睡不着了，脑子里过往的经历像放电影一样一幕幕上映着，从他和金宝夜里去写标语遇见宁班长他们，到阿公被刺去世，到安葬父母后自己也病倒了，再到今晚偷袭白军军营……

润生越想越睡不着，索性披着宁班长的破棉被坐了起来。看着窗外朦胧的夜色，润生心里既激动又茫然，激动的是他第一次离开家，茫然的是不知道明天会面对什么，其实他也没把握让红军队伍接纳自己。

润生心想：我一定要留下来，我一定要参加红军。他就这样胡思乱想着，不知不觉睡着了。

一觉醒来，屋子里静悄悄的，只有润生独自躺在床铺上。

这时，一个小战士跑进来问："你是昨晚来的那个孩子吗？陈军长要见你。"小战士是陈军长的勤务兵，他一脸稚气，看着比润生大不了多少。

润生一听就跳下了床，他跟着勤务兵走到了院子另一侧的一间屋子里。一进屋，润生就看到陈军长穿着灰色军装，正俯身专注地看着一张军事地图。他身旁站着昨晚那位留着络腮胡子的叔叔，他也换上了一身灰色的军装。

陈军长听到动静，抬头看到了润生。陈军长露出了亲切的笑容，那笑容就像是阴霾里的一道阳光，照进了润生犹如枯井般的心田。不等陈军长开口，润生的眼睛就湿润了。

陈军长微笑着问："小弟弟，睡醒了？昨晚累坏了吧？"

看到润生进来，络腮胡子叔叔笑着说："你们聊吧，我有事先走了。"说着他走了出去。

这是何润生第三次见到陈其安军长，他看起来比秋天在刘老板家遇到时憔悴了许多。他头发凌乱，脸色发黄，额头上的皱纹就像一道道沟壑，随着表情的起伏不停地聚拢又散开。

陈军长指着身边的一张木凳示意润生坐下来，说："润生，你家何爹爹还好吗？我记得他的腿有风湿病。天冷了，老人家还在编草鞋吗？"

听着陈军长亲热地嘘寒问暖，润生再也忍不住了，眼泪像断了线的珠子扑簌簌地落了下来。看到润生哭了，陈军长立刻明白了，伸手将这个哭成泪人儿的男孩搂进了怀里。润生依偎着陈军长宽厚的肩膀，感受到了久违的父亲般的关怀。

陈军长的身上有一股好闻的烟草味儿和火药味儿混合的气味，在润生看来这是一种属于男子汉的气味。闻着这气味，孤独的润生感到了前所未有的安心。

陈军长掏出手帕为润生拭去了脸上的泪水，轻声安慰道："好孩子，发生什么事了？你别哭了，慢慢说。"于是，润生一边啜泣，一边把家里的不幸遭遇细细地给陈军长讲述了一遍。

"所以，你昨晚去偷袭白军军营，是想为阿公和父亲报仇？"陈军长问。

润生用力点点头，说："对，此仇不共戴天。"

陈军长露出赞许的神情，问："你看起来这么瘦弱，独自闯白军军营就不害怕吗？"

"不怕，我杀死一个也算够本了。"

"如果一个都没有杀死，你又被他们抓住了，怎么办？"

"大不了一死呗，'人生自古谁无死，留取丹心照汗青'。"

"好，你想学文天祥舍生取义，有这样的气魄也不简单。但是你想过没有，坏人有很多，你是杀不完的——杀了一个三角眼，还会有一个疤瘌眼儿；杀死一个酒糟鼻，还可能有个蒜头鼻。"

"这个……"润生答不上来了。他一心只想报仇，根本没有多想。

说到这儿，陈军长有些激动，他站起身在屋子里踱着步，说："只有推翻国民党的反动统治，彻底消灭人剥削人、人压迫人的制度，穷人才能真正翻身得解放，才不会有像你阿公和父亲被害这样的悲剧发生。"陈军长的声音不大，但是像一根鼓槌，字字句句都敲击在润生的心上，让他听着有一种茅塞顿开的领悟。

"那中国共产党是怎样的？"润生好奇地问。

"中国共产党是中国无产阶级政党。我们的目标是消除内乱，打倒军阀，建设国内和平；推翻国际帝国主义的压迫，达到中华民族完全独立。”陈军长眼睛放光地说。

“中国共产党”“无产阶级”这些词听起来是那么神圣庄严，有一种凛然不可侵犯的威严。

“中国共产党、无产阶级。”润生喃喃地重复着。他又问：“打完仗，我哥就会回家了吗？”

“你是说德生吗？他不但会回家，还能去上北京大学，他将成为国家的栋梁。到那个时候，你也可以上自己喜欢的学校、干自己喜欢的工作。”陈军长语重心长地说。

“我……我想当老师，像我爸爸那样。”润生忍不住把心里的话儿说了出来。

“好啊，那我们国家又多了一位教书育人的好老师。”陈军长热情地赞扬着润生，好像他眼前的润生已经是一位优秀的教师了，这让润生感觉很不好意思。

“陈叔叔，我要参加红军。”润生激动地说。

陈军长沉默地看着润生单薄的肩膀，好像在用目光测量他能不能挑起这副重担。

润生忙表态说：“您让我干什么都可以，别看我长得瘦、个头儿小，我的胳膊还挺有劲儿的。”

见陈军长依然默不作声，润生脑子转得飞快，他急切地想要说服陈军长同意自己参加红军。这时，他想到了一份合适的工作，说：“我可以跟着宁班长、许亮和吴银根他们去写宣传标语，我练过五年多毛笔字，我还会画画呢。”

“真的吗？我们的宣传队倒的确需要人手。你知道参加红军的很多是穷苦工农，他们大多数不识字。”陈军长眼睛一亮。

“我识字，不但识字，还会联诗对句、写文章。我爸是清末最后一批举人之一，我六岁时，他就给我启蒙了。”润生急切地说。

陈军长对一旁的小勤务兵说：“你去把宁班长叫过来。”

小勤务兵行了一个标准的军礼，跑了出去。不一会儿，他带着眼睛充血、胡子拉碴的宁班长走了进来。

宁班长行了个军礼，问：“陈军长，您找我有事吗？”

陈军长微笑着说：“一个月前我去瑞金时，你向我要一名有文化的战士进宣传队，现在我把何润生分配给你。”

“是这个小孩吗？”宁班长诧异地看着润生问。

“别叫他小孩，他现在是一名红军战士，你要把他当成下属和战友。”

“可是他才十一岁，太小了吧！”

“我是二月生的，过了年就满十二了。”润生辩解说。

“自古英雄出少年嘛。润生能写会画，除了许亮，他就是你们班识字最多的人了。”陈军长笑着说。

宁班长点点头说：“我见过这孩子写的标语，的确不错。”

陈军长一听更高兴了，问：“润生在哪儿写的？他是自发去写的吗？”

于是润生把跟好友金宝如何在夜里写标语、如何遇到宁班长他们的事情讲了一遍。末了，他又说：“当时宁班长叮嘱我不要冒险，别连累了亲人们。现在我是个孤儿，已经无牵无挂了。”说完，他想起了阿公和父母，眼泪又落了下来。

宁班长叹气说："好孩子，你也不容易啊！俺们快走吧，别错过了午饭时间。"

善良的宁班长已经在心里接纳了这个可怜的男孩，他亲热地上前一步搂着润生的肩膀，和润生一起出去了。

爱说"俺们"的宁班长

太阳出来了，照在身上暖洋洋的。

午饭吃的是红米饭和南瓜汤，许亮和吴银根端着粗瓷碗，蹲在院里的一棵香榧树下大口地吃着。

看到宁班长带着润生走过来，许亮高兴地站起来打招呼："这不是那晚写标语的孩子嘛，叫……"

"他叫何润生。"吴银根微笑着介绍说。

"对，是润生，你怎么来乡下了？是来串门的吗？"许亮问。他昨晚去执行别的任务了，没有去袭击白军军营，所以不知道润生的事情。吴银根把遇到润生的经过讲述了一遍，许亮听了，叹气说："既然来了，咱们就是一家人，好好干吧！"

"好！"润生用力点点头，心里涌起一股暖流。

说话间，宁班长已经帮润生打回了饭菜，银根帮润生将热乎乎的南瓜汤浇在了红米饭上。

“你能吃辣吗？”银根问。

不等润生回答，许亮笑着说：“江西伢子哪个不能吃辣呢！”说着他在饭上撒了一勺辣椒面，又将饭拌了一下，看起来红艳艳的。许亮又说：“润生饿了吗？赶快吃吧。”

许亮说得不完全对，润生就是一个不能吃辣的江西伢子，他只要吃上一口辛辣的食物，嗓子就会疼上大半天。从前家里吃菜，妈妈都会单独给他做一份不辣的。

但是腼腆的润生不好意思拂了许亮和吴银根的好意，他只得道了谢，双手接过许亮递来的粗瓷碗。吴银根热情地招呼润生蹲在自己身边，两人靠在香榧树粗壮的树干上吃起饭来。

润生往嘴里扒拉了一口饭，刚勉强咽下去就剧烈地咳嗽起来。“喀喀喀”，他不但满脸通红，连耳朵和脖颈儿都是红的，咳得眼泪都流出来了。

许亮和吴银根都惊讶地说：“原来你不能吃辣呀！”润生一边用手背抹着辣出来的眼泪，一边狼狈地点点头。

宁班长看到又转身去给润生打了一碗饭，浇上了浓稠的南瓜汤，还请炊事兵给润生煎了一个金黄的荷包蛋。他端过来说：“你那碗饭让亮子他们分着吃了吧，你吃这碗。”

润生红着脸说：“宁班长，不好意思。”

宁班长意味深长地笑着说：“没关系，你慢慢地就习惯了。”

那时的润生没有听懂宁班长这句话里的深意。在那艰苦的岁月里，润生从一个有些娇气的男孩，到慢慢地习惯了艰苦的生活，慢慢地蜕变成了一名合格的红军战士。在后来的岁月里，每当润生大口地吃着辛辣的食物，他就会想起宁班长的这句话——“没关系，你慢慢地就习惯了”。

当天下午，润生就跟着宁班长他们去山下的村里一边写标语，一边做参加红军的宣传动员了。在接下来的日子里，润生的脚步走遍了乐安县的山山水水、村村寨寨。作为土生土长的乐安人，润生这是第一次把湖坪乡、罗陂乡、牛田镇、鳌溪镇等十三个乡镇都走遍了。他们走到哪儿就把红色标语写到哪儿。“苏维埃与红军是真正反对帝国主义的力量”“士兵打土豪分田地”“粉碎帝国主义国民党第四次围剿”……这些标语大都是宁班长和许亮写的。宁班长告诉吴银根和润生，写红色标语的讲究可多了，每个宣传员都有一本《红军标语》，还有专门的《宣传须知》。写的时候文字要正确，态度要认真，写的位置要高，要人在远处就能看到，反动派不好破坏。标语写完还要写上部队或连队的代号，比如“红军Ⅱ尺”“红B”“红八四三二士委会”等。润生脑子活，一下子就记住了，而且写的标语图文并茂，宁班长高兴得直叫润生“小小宣传员”。润生听了抿嘴一笑，心里甜滋滋的，像喝了蜂蜜水一样。

让润生惊讶的是，宁班长虽然是河南焦作人，但是他穿着便装无论走到哪个乡镇都能遇到熟人。老乡们见到宁班长就像见到了亲人，他们亲热地拉着他的手跟他攀谈，热情地将地瓜、红枣和鸡蛋往他手里塞。

有一次，一个老大爷硬是送了宁班长一只才从山里打来的野兔，说是让他尝尝鲜，于是润生他们美美地打了一顿牙祭。老乡们很喜欢跟宁班长聊农田的墒情、家禽家畜的饲养、选种育种的方法，那些嫂子媳妇也特别信任宁班长，甚至连婆媳矛盾等家长里短都愿意讲给他听。

末了，嫂子媳妇们总会问一句：“你说该咋办呢？”只要时间充裕，宁班长都会不厌其烦地帮村民们认真分析，出谋划策。

每当这时，许亮和吴银根就会在一旁笑着互相挤着眼睛，并且轻声议论着：“咱们的宁班长可以当个妇女主任了。”

宁班长听到了就笑着给他们一人弹一个“毛栗子”。

许亮对润生说：“宁班长这叫作‘有亲和力’，这是一种独特的人格魅力。”润生也喜欢把自己的事情讲给宁班长听，他也很喜欢宁班长这种魅力，希望自己也能成为这种有亲和力的人。

宁班长每每跟润生他们聊到乐安县的风土人情，都是津津乐道的，好像自己就是个土生土长的乐安人。讲到大华山、金竹瀑布、乌江古樟林，他都赞不绝口。

宁班长讲的很多有趣的故事都是润生没有听过的，比如鳌溪镇是因为城南溪水里有一块耸立着的像只巨鳌的巨石，所以得名鳌溪；而山砀镇，是在南宋末期，康氏在这里开创基业时，有一种小鸟在他头顶盘旋，还高声叫着“山砀、山砀”，所以被称为山砀镇。

父亲何举人是润生认识的最有知识的人，润生发现宁班长懂的并不比父亲少，只不过父亲讲的都是书上的知识，而宁班长讲的都是从生活里获得的经验和鲜活的知识。

几个月的时光在忙碌的生活中飞逝，润生渐渐地习惯了部队里的集体生活。但是他很想家，想妹妹和金宝他们，也很想念哥哥德生，不知道他现在在哪里，过得好不好。

最让润生高兴的是，他拥有了一套灰蓝布的红军军装。润生他们在执行任务时穿的都是便装，他一直很羡慕那些穿着军装的士兵。他听宁班长说，军装的灰蓝色代表着天空、海洋、青黛的群山和辽阔的大地。在润生眼里，那身灰布军装，男战士穿在身上显得威武英俊，女战士穿在身上显得英姿飒爽。

看到润生流露出对军装的向往，宁班长就帮他“找”了一套。其实不是“找”，是他缠着管理物资的老丁，软磨硬泡要了一套旧的。这套旧军装也不是一整套，上衣又肥又大，裤子的肥瘦倒是勉强合适，但是裤腿有些长。

润生欢天喜地地穿上了那套军装，高兴地给许亮和吴银根展示，谁知把他们都逗笑了。润生是个刚开始发育的男孩，他肩膀窄后背薄，胳膊腿细长，就像一根火柴棍。那上衣肥肥大大的，很不合身，润生穿上了，就像在火柴棍上套了件衣服。

宁班长也忍不住笑了。他说：“没关系，俺们润生开始蹿个头儿了，很快就会合身的。”

宁班长是河南人，他的口头禅是“俺们”。他说什么都是“俺们俺们”的，这种说话方式的好处在于可以快速地拉进两个陌生人之间的感情，坏处是如果说顺嘴了，不分场合，会给自己带来麻烦。

有一次，宁班长去参加部队的会议，陈军长让他代表宣传队讲几句，宁班长站起来侃侃而谈，谈到了登仙桥大捷后当前的战争局势，谈到了大湖坪整编，谈到了做好宣传工作的重要性……说到高兴处，他居然把国民党军队也说成“俺们”了，大家听得愣住了，宁班长这才意识到自己把话说秃噜了。他紧张得脸“腾”的一下子红到了脖子根儿，面对鸦雀无声的同志们，恨不得找条地缝钻进去。

好在陈军长他们都知道宁班长喜欢说“俺们”，陈军长忍不住笑着说：“还是老宁的格局大，希望你早日动员白军都投诚红军，就像咱们标语写的，‘欢迎白军士兵拖枪过来当红军’。”说完他爽朗地笑起来，大家也都笑了，这个尴尬的场面就这样化解了。

虽然上衣有些肥大，但军裤还算合适，润生穿上就不想脱了：一来他参军几个月了，出来时是冬天，现在已经是暮春，穿不住棉衣棉裤了；二来他觉得穿军裤很帅气，也舍不得脱。

宁班长说：“俺们红军战士穿军装不是为了要帅，而是有实际作用，比如绣上红五星、红领章是为了展示军威、军容，鼓舞士气；灰蓝色的布料便于隐蔽和自我保护；绑腿可以让士兵行动灵活、身手利索，而且便于御寒、行军和作战。”

说着，他又扔给润生两条长长的绑腿。那两条绑腿有十厘米宽、两米长，一端是平头的，一端分叉成两条绳。

宁班长说：“我来教你打绑腿吧，这是当兵必须掌握的技能。”说着，他将绑腿平头的那端从鞋帮开始绕腿平着裹，每裹两圈将绑腿翻个面，以保证绑带平贴着腿，然后不断地向上打到腿弯处。这时，宁班长站了起来，说：“绑到这里就要注意了，要绑得松紧适度，绑得太紧迈不开步，绑得太松不起作用，打得好的绑腿能将鞋口封严实，走很长时间也不松。”

润生一步一步地跟着宁班长学打绑腿，边缠边说：“一定要打绑腿吗？勒得腿很疼。”

不等宁班长讲，许亮就抢先说：“绑腿在咱们古代行军打仗时就有了，绑腿的好处太多了，在山区和丛林作战时特别好用。打了绑腿，登山小腿不酸；在山地行军时，可以防止虫子顺着裤管爬进去咬人，还能防止荆棘、树枝扎腿。”

“还有，如果抓到了敌人，你能用绑腿把他捆个结实，保管他解脱不了。”吴银根也笑着说。

虽然知道了绑腿有这么多好处，但是润生还是不习惯，因为打了绑腿后，腿肚子被勒得难受得很。每次宁班长监督润生打好绑腿后，润生都会趁他不注意偷偷拆下来，像极了妈妈说的她小时候不愿意裹脚，总是趁外婆不注意拆掉裹脚布一样。

有时宁班长发现润生拆下了绑腿，就摇摇头说：“你还年轻，没有体会到绑腿的好处，以后就知道了。”

平时倒还罢了，宁班长要求他们外出执行任务时必须打上绑腿，因为这样行动起来比较利落。

执行任务失败

这天夜里，润生跟着宁班长他们来到了乐安县城写标语。

出发前，润生又偷偷地把腿上的绑腿解掉了。绑了一整天，实在勒得慌，而且他觉得深夜出门不打绑腿也不会有什么问题。

润生脚步轻盈地走在县城光滑的碎石子路上。夜已深了，虽然一家家店铺和人家都关门闭户了，但是看着那些熟悉的店铺，润生依然按捺不住内心的激动，他很想回家去看看。经过自家巷口的时候，润生不住地向里面张望。深巷悠长又黢黑，借着皎洁的月光也只能看到眼前的一小段路，根本看不到自家的院子。

乐安的暮春时节是属于杜鹃花的时节，柔和的春风吹拂着，不时送来杜鹃花的清香。一看到杜鹃花，润生就想到了母亲。他将挂在脖子上的那个翡翠吊坠小心地拿出来握在手心，回忆着母亲。每年这个时节，爱花的母亲都会在鬓边簪上一朵红艳艳的杜鹃花。一想到她，润生的心就像被刀剜一样疼。

这天晚上，宁班长带着他们在润生家巷子附近的墙壁上写标语。参加红军后，润生得知红军特别注重在群众中开展宣传，而且把这项工作当作重大任务。

陈军长在开会时要求："军队经过的地方，墙壁上要统统写满红军标语。"宁班长也常说："一条标语，能顶上一支军队。"

前段时间，宁班长带着他们去写标语。他们看到一面青砖墙上写着"消灭赤匪"的标语。

吴银根气愤地说："这条标语是我三个月前写的，我明明写的是'消灭白匪'，哪个乱改成这个样子了？"

许亮笑着说："肯定是白军改的，咱们可以再改回来嘛。"说着他用白石灰粉将墙上的"赤"字涂抹了，然后用笔蘸上墨水，写了一个大大的"白"字。

宁班长点头笑着说："这就是陈军长常说的'敌我双方展开了拉锯战'。"

"对，但是胜利必将属于俺们。"吴银根说。润生发现宁班长的口头禅不知不觉成了宣传班全体成员的了。许亮说过，喜欢一个人，就会不由自主地模仿他。

许亮用小棕帚蘸了蘸铁皮桶里的石灰水，准备写标语。

宣传队都是自己准备写标语的笔和颜料的。以前他们用毛笔，但毛笔易损坏，成本又高。后来，宁班长不断探索新的书写工具。他时常就地取材，到村庄里、山坡上、树林中寻找棕毛、竹笋壳和杉树皮，用这些容易找到的材料做成笔。这种笔比毛笔结实耐用，而且几乎是零成本。

他们用来书写标语的涂料就更加五花八门了，有墨水、红泥土、白石灰浆，还有乡村里婆婆、嫂子们用来染布料的蓝色和紫色染料等，那些染料大都是她们送给宁班长的。宁班长从来不拿群众一针一线，但是对于这种跟工作有关的馈赠，他还是乐意接受的。不过他并不白拿，每次都会把自己的军饷当酬劳，付给那些婆婆和嫂子。

润生听宁班长说，只要是能找到的，能在墙壁上写出字的颜料，他基本上都尝试使用过。

“我就像神农氏尝百草，抓住啥都要写标语试试，看哪种颜料最合适。”宁班长说着露出了憨厚的笑容。

润生说：“我听说红军写标语是从 1928 年开始的，看来您干了很多年宣传工作。”

宁班长摇头说：“我是 1931 年初到宣传班的，之前我在步兵营。”

吴银根钦佩地说：“俺们宁班长可是位战斗英雄，他一个人活捉了一个排的白军呢。”

宁班长笑了笑，没有说什么。

说话间，许亮已经在墙上写了起来。每次写标语都是白天事先把标语写在黄裱纸上，到了地方照着写就可以了，但是要注意字和墙的比例，要写得大小适中、间隙得当，还得兼顾美观。

虽然润生字写得不错，但是在县城里写标语还是以宁班长和许亮为主，他们不但经验丰富，还动作利落。润生和吴银根负责在乡镇写标语，有时润生还会画上一幅漫画。

一次，润生在一家农户院墙上画了一条站立的狗，那狗戴着一顶国民党军的帽子，还扛着一把步枪，旁边写着“国民狗党”四个字，大家笑得前仰后合；登仙桥大捷，润生用漫画画出了激烈的战斗场景。

宁班长赞许地说：“润生不但字写得好，漫画画得也精彩，以后可以当个漫画家。”

润生听到夸奖，突然想到爱画漫画的金宝。他在心里默默地说：“金宝,你如果能跟我在一起该多好啊！”但他知道每个人的人生道路是不同的，金宝有自己的路要走，他希望金宝能如愿成为一名漫画家。

今晚，许亮负责写标语，润生和银根负责打下手，宁班长负责观察周围动静。好在夜已深了，四处静悄悄的，只有远处的杜鹃鸟在一声声啼叫着，那声音听起来如泣如诉，令人不禁动容。

从前，阿公总说那是杜鹃鸟在叫“光棍好苦、光棍好苦”，听着杜鹃鸟的啼叫声，润生更想家了。他又一次向着巷子的深处张望，那里曾有属于他的温暖的家。

“这是什么？”许亮说着从墙上撕下了一张纸，看了看，“原来是寻找润生的寻人启事。”说着，他把那张纸递给了润生。

借着月光，润生看到那上面果然写着“寻找何润生，年龄十一岁，走失”等模糊的字迹。那张纸已经张贴了几个月了，看起来皱巴巴的，像一片卷曲的白菜叶子。

宁班长问："会是谁找你呢？"

润生想到了妹妹、小姨和金宝，他们都是这个世界上最牵挂自己的人，找不到自己，不知他们有多么着急。那一晚跟金宝匆匆告别后，金宝也不知道自己的去向。想到这儿，润生就特别想家，他很想回家去看看，但是又不敢说。

润生现在是一名红军战士，他要遵守部队的纪律，在执行任务时是不能乱跑的。润生想起了"三过家门而不入"的大禹，当年读到这个故事时也不觉得什么，现在他才知道能做到"过家门不入"是一件多么不容易的事情。

许亮很快写完了标语，轻声说："咱们走吧。"

"你和银根在僻静的地方等一下，我陪着润生回趟家看看。"宁班长突然说。润生听到后，惊喜地看着宁班长。

"走吧，俺们快去快回。"宁班长说着带头往巷子的深处走去，润生紧紧地跟在后面。

从巷子口往里看幽深黢黑，但是人走在巷子里眼睛很快就适应了黑暗，能看清楚巷子里一户户的人家和门前的各种草木。

润生不知不觉地走在了前面，最后在自家的大门前站住了。

宁班长轻声问："这是你家？"润生点点头。

宁班长上前推动厚重的大木门，只听"吱呀"一声，木门向里开了一点儿就停住了，原来门上缠着铁链，挂着一把铜锁。

"你有钥匙吗？"宁班长轻声问。

润生茫然地摇摇头，铁链和铜锁都是他走后挂上的。润生将脸凑在两扇木门的缝隙间向院子里望去，令他欣慰的是没有看到满眼草木杂生的狼藉景象。

院子里，母亲最爱的那丛嫣红的杜鹃花开了，堂屋的门也紧锁着。看起来主人好像刚刚离开，而且很快就会回来。润生知道一定是金宝和他外公帮忙收拾打理的，他的心里充满了感激。

“亲爱的金宝和金宝外公，在我回来之前，请帮我守护妹妹和家吧。”润生在心里默默地说，但是他知道自己再也回不到从前的生活了。想起一年前哥哥在父亲灵堂前说的那番话，现在润生终于理解了他的心情。

往回走的路上，润生对宁班长说：“谢谢您允许我回家看看。”

宁班长意味深长地说：“我这样做，是为了让你跟过去好好告个别。”

宁班长带着润生和许亮他们会合后，提着颜料桶和棕帚赶往下一个提前踩好的点，那是一个临着乐安河的废弃粮仓，从前那里存放着县政府收缴来的公粮。

这个粮仓很大，有一面青砖围墙当街，便于宣传，宁班长一年前曾经来这里写过标语。但是令他们意外的是，粮仓里灯火通明，像是驻扎了很多士兵；仓库的围墙前有两个国民党士兵站岗，他们都背着步枪，像土地烫脚一样来回踱着碎步。

许亮看向宁班长，宁班长沉着地一挥手示意：“撤！”几个人心领神会地往回走。这时，润生宽大的军装裤脚被一丛灌木挂住了，他重心不稳，向前扑倒在草地上，手里的铁桶落在一块石头上，发出了“咚”的一声，那声音在寂静的深夜显得异常响亮。

“糟糕，我晚上出来时应该打上绑腿、裹紧裤腿的。”润生懊恼地想。

“是谁？”两个士兵警觉地“咔嚓”一声拉上枪栓，把枪口对准了这边。他们还打起了手电筒，四处照来照去。

润生还是第一次遇到这种情况，他吓得脸色煞白，心跳到了嗓子眼儿，双腿像筛糠一样抖动起来。

宁班长说：“你们撤，我殿后。”说着他用力推了一把许亮，让他带着银根和刚爬起来的润生快些走。

许亮轻声说：“班长，我们回营地见。”说完拉着润生拔腿就跑。

一瞬间枪声响了起来，还有疯狂的犬吠声，一盏探照灯照了过来，把这个方向照得像白昼一样明亮。

宁班长扔出了一颗手榴弹，手榴弹发出了震天动地的巨响，炸倒了跑在前面的两个国民党士兵，但是后面还有很多持枪士兵。宁班长向四周张望，看到了不远处波涛滚滚的乐安河。他向着河边飞奔而去，后面的追兵穷追不舍。

宁班长的右腿一麻，紧接着后背剧烈的疼痛让他差点儿摔倒，他知道自己的后背和右腿都中枪了。

一条凶恶的军犬咆哮着向他奔来，那狗很快撵上了宁班长，宁班长甚至感觉到了从狗的嘴里呼出的一股股热气。就在那狗要咬到宁班长的一瞬间，他一咬牙跳进了波涛汹涌的乐安河。这时，后面的追兵也相继赶到了，他们站在岸边举着手电筒，冲着河里不住地开枪，一梭梭子弹“嗖嗖嗖”地射进了河里。借着灯光，他们看到从水底冒出了一股股殷红的血。

有人说：“那个人已经被打死了。”于是，士兵们返回了军营。

另一边，润生在许亮的拖拽下拼命地奔跑起来，他知道自己是在跟死神赛跑。三个人喘着粗气拐了个弯儿，遇到了一个十字路口，其他三条路分别通往一条幽深的巷子。

跑到十字路口，许亮说："咱们散开跑更安全，回营地再见。"说完他将润生推进了一条巷子，自己向另一个方向跑去。吴银根也跑进了一条深巷。

润生听到身后的呵斥声、狗叫声和枪声越来越近，但巷子里门户都紧闭着，他慌乱之间不知该往哪儿跑。

这时，一扇门打开了一条缝，有人在黑暗中冲他招手，润生想都没想就跑了过去。润生一进去，那人就关上了大门。

落难邂逅钟老爹

刚一进门，润生就瘫倒在了地上，他觉得自己跑得心力交瘁，都快要死掉了。一想到身处险境的宁班长，润生就内疚得恨不得自己能代替他。百感交集的润生趴在地上"呜呜"地哭了起来。

"孩子别哭了，快进屋，别让人看到了。"原来给他开门的是一个老婆婆。润生这才想起后面的追兵应该很快会赶到。他想要从地上爬起来，但是稍微移动一下左腿就钻心地疼，可能是刚才摔倒撞伤了腿。

这时，从屋里走出来一个老公公，他看润生动弹不了，就招呼老婆婆一起搀扶着润生进了屋里。他们把润生搀到床上，老婆婆抬手给他盖上了自己的棉被，说："我去给你倒一碗热水。"她蹒跚地离开了。

屋里点着一盏油灯。借着昏黄的灯光，润生看清楚了这个老公公的面容：细细的眼睛，满是皱纹的瘦长脸颊上长着一捧绵羊胡子。他不由得倒吸了一口凉气。

原来这个老公公是阿公生前编草活的竞争对手——钟老爹。这个钟老爹脾气倔强，草编手艺也很高。俗话说“同行是冤家”，一个小县城有两位顶级的草编艺人，他俩之间必定有竞争。而且润生的阿公早年和钟老爹有过矛盾，从那以后两家再没有往来过。

这时润生才明白自己在仓促之间跑进的是哪一条巷子，因为这条巷子里住着钟老爹，阿公从不往这里走，有时即使绕路，他也不会抄这条近路。

院外的巷子里传来了嘈杂的声音，有人用手电到处乱照，还有狗在不住地狂吠。认出了钟老爹的润生在心里喊了一声“糟糕”，他想要离开，但是腿又疼又沉，他连坐起来的力气都没有。

润生认出钟老爹时，钟老爹也认出了润生。在这之前，钟老爹也听说了老何一家人的不幸遭遇，后来就听说老何死后，他的儿子和儿媳也死了，只剩下小孙子和小孙女，没过多久又听说小孙子也不见了。有人说那孩子被人贩子拐跑了，有人说他想不开跳河了，还有人说他跟着哥哥投奔红军了。钟老爹万万没想到自己今晚竟然遇到了他。听到院子外的响动，钟老爹立刻明白这是怎么回事了。

钟老爹见润生挣扎着从床上坐起来想要离开，问道：“你要去哪儿？”

润生一动腿就钻心地疼，他咬着牙说：“算我今天倒霉，落在你手上了，要抓我的人就在外面，你把我送出去吧。”

钟老爹皱眉问：“你不怕死吗？”

润生倔强地一扭头说："怕死我就不参加红军了。"

"原来你真的参加红军了。"

"当然是真的，比真金还要真。"

钟老爹看着眼前梗着脖子的小男孩，忍不住笑了起来。润生却气愤地说："你不许嘲笑我。"

钟老爹摇头说："我没有嘲笑你，你很勇敢，是一条好汉。"说话间，院门像擂鼓一样"咚咚咚"地被砸响了，有人还在大声地喊："开门，来抓共匪的！"

婆婆为难地看向润生。润生说："婆婆，你去开门把我交给他们吧，你们窝藏我也会被抓起来的。"

婆婆又看向钟老爹。钟老爹说："去开门吧，躲是躲不掉的。"

婆婆忍不住说："他还是个孩子，你就忍心？"

钟老爹说："不做狠心人，难得自了汉。"说话间敲门声更大了，见婆婆执意不肯开门，钟老爹索性自己起身向院子里走去。

润生望着钟老爹黑黢黢的背影，焦虑的神经瞬间放松了，他准备坦然地面对即将发生的一切。

大门一打开，一伙荷枪实弹的官兵就带着一条军犬冲了进来。他们拿着手电筒在院子里照了一圈。

为首的军官问："你们家刚才有什么人进来了吗？"

润生在屋里听着，心一下子就跳到了嗓子眼儿，这是他有生以来最惊险的一次经历。润生的额头冒出了一层冷汗，浑身剧烈地哆嗦起来，就像秋风里的一小片落叶。润生甚至想要大喊一声："我就在这里！"

院子里的人都看向钟老爹，几只手电筒的灯光都照在他的脸上，让钟老爹下意识地抬起一只胳膊遮住了眼睛。

“喂，老家伙，问你呢，你家进来外人没？”那个军官不耐烦地责问道。

钟老爹放下遮挡灯光的手臂，平静地说：“没有，我家没有外人。”

润生简直不敢相信自己的耳朵，他哆嗦得更厉害了。

“你说没有就没有？我们要搜搜才行。”军官说着挥了一下手，几个士兵就往屋子里闯。

钟老爹抢先一步走进屋子，说：“家里就我和老婆子，还有孙子在。我孙子身体弱，你们别吓着他了。”

军官走到屋里，看着坐在床边的婆婆问：“躺着的人是谁？”

婆婆说：“是我孙子。”她说着摸了一下润生的额头，发现他满头冷汗。

婆婆说：“我孙子病了，不住地出冷汗，可能在打摆子。”说着她“呜呜”地哭了起来。

军官走过来猛地下手，“呼”地掀开了棉被，打起手电筒一照，果然看到一个瘦弱单薄的男孩躺在床上瑟瑟发抖。他的额头上满是汗水，头发一缕缕湿淋淋地紧贴着额头。

军官死死地盯着男孩看了几秒，说：“看来这孩子病得不轻啊！”

听他这么一说，婆婆的哭声就更大了，钟老爹走过来“啪”地打了婆婆一巴掌，恶声恶气地说：“哭，你就会哭，跟哭丧一样。明天找位医生好好给孩子看看。”说着，他抬手又要打婆婆。

军官眼疾手快，一把抓住钟老爹干枯的手臂，说：“老爷子，要打要骂你等会儿再说，别影响我们办要紧事。”

屋里屋外又搜查了一圈，没发现可疑之处，军官就带着士兵们离开了。

婆婆关上院门走回来，对润生说："好孩子，他们都走了，没事了。"

又过了好久，润生的魂才一点儿一点儿地归了位。他再一次挣扎着想要坐起来，但是腿上的伤使他疼得根本起不了身，钟老爹过去搀着他缓缓地靠在了床头。

润生看着钟老爹，泪水涌了出来。他问："您……您为啥要救我？"

钟老爹说："我跟你阿公的恩怨与你无关，别说他已经走了，即使他还活着，我也会这么做。红军都是好人，懂得是非曲直才算是个人。"

润生一边流泪，一边默默地点头。

婆婆心疼地说："孩子，你一定饿坏了吧？我去给你做点儿吃的，吃饱了好好睡一觉。"

没过多久，婆婆端着一大碗热气腾腾的米粉进来了，那米粉上还卧着两个煎荷包蛋。

润生真的饿了，他道声谢，接过花瓷碗，吸溜着吃了起来。那米粉吃起来很劲道，鸡蛋两面都煎得黄黄的，润生咬一口，发现还是溏心蛋呢。一眨眼的工夫，润生就把一大碗米粉都吃完了，还把碗里的汤喝得一滴不剩。

吃了一大碗米粉，润生睡着了，那一晚他睡了一个好觉。自打家里接连发生变故以来，润生从没有睡得这么安心、这么香甜。在梦里，润生看到了思念的阿公、父亲和母亲，他们都变得很年轻，也很健康。

直到第二天醒来，润生还在留恋那个梦，他在梦里又重温了久违的家的温暖。

婆婆端着一个铜脸盆走进来，笑眯眯地说："孩子，睡醒了？"

婆婆边说边绞着脸盆里的毛巾，想给润生洗洗脸。

润生害羞地接过毛巾说："婆婆，让我自己来吧。"

洗过脸，漱过口，婆婆提着一个小木桶让润生泡脚，说："你的腿受伤了，用热水泡脚可以缓解疼痛。"

"钟老爹呢？"润生问。

"他到匡骨堂请杨大夫去了。"婆婆说。

说话间院门被推开了，钟老爹背着一个木头做的医药箱，提着一个黑布袋走了进来，他身旁的人是当地有名的骨科大夫杨大夫。杨大夫家的医术是世代相传的。

婆婆闻声迎了出去。她看到杨大夫，笑着说："麻烦您上门问诊了。"

杨大夫笑着说："钟老爹的孙子受伤了，我怎么能不来呢？"

钟老爹把黑布袋递给婆婆，说："我今天买了卤驴肉，给孙子加个菜，你快去做饭吧。"婆婆听了连连点头，接过布袋就去厨房了。

卤驴肉可是乐安的一道名菜。将卤驴肉切成片儿，码放在盘子里，那驴肉色泽鲜亮、香气诱人、美味可口。

听当地的老人说，用老汤熬煮出来的卤驴肉才好吃。据说这种老汤熬煮的次数越多、时间越长，效果就越好。所以乐安有些店铺的老汤还号称"百年老汤"呢。

钟老爹带着杨大夫走进屋子，来到了润生的床前。润生猛然看到钟老爹带着一个不认识的人走了进来，也不敢多问什么。

钟老爹见润生在用热水泡脚，就很自然地蹲下身帮他洗起脚来。

润生不好意思地说："我自己来吧。"

“傻伢子，让阿公帮你洗吧。”钟老爹和蔼地说。他随手拽来一把椅子，坐下来帮润生洗脚。

“哎哟！”钟老爹的手碰到了润生受伤的腿，润生疼得忍不住叫了一声。杨大夫轻轻抬起那条伤腿看了看，说：“骨头断了，得接好骨头敷上膏药包扎一下。”

于是，钟老爹用一条旧麻布擦干润生的脚，扶着他躺在床上。杨大夫从药箱里拿出一贴带着浓郁中药气味的黑乎乎的膏药递给钟老爹，钟老爹拿着那膏药出去了。很快他又举着膏药回来了，他是去厨房的炉灶上把那贴膏药烤热烤软了，然后将它贴在了润生肿得像小馒头一样的断腿上。

润生立刻觉得受伤的地方不那么刺痛了，热乎乎的，很舒服。贴上了膏药，杨大夫又用带来的几块小夹板裹在润生腿骨断裂的地方，固定好。

润生问：“大夫，我的腿伤啥时候能好呢？”

杨大夫说：“伤筋动骨一百天，你骨折了，可能要半年时间才能恢复，而且后期还得做康复训练。”

润生吃惊地问：“需要那么长时间吗？”

杨大夫点点头。他帮润生处理好腿伤后，又开了一些活血化瘀的口服药，说过几天再来给他换药。

杨大夫叮嘱道：“孩子，你要听阿公和阿婆的话，安心躺在床上养伤，腿断了可不是闹着玩儿的，你看你阿公和阿婆都急坏了。”说着，杨大夫谢绝了钟老爹一起吃饭的邀请，背着药箱告辞了。

润生感激地说：“谢谢钟……哦，谢谢爷爷。”润生的阿公已经去世了，他再也叫不出“阿公”了。随即他又皱眉说：“我是来执行任务的，应该早日赶回营地。”

钟老爹听了迟疑地说：“我刚才听说，昨晚偷袭军营的那几个人，有一个被打死了。”

“谁？谁被打死了？”润生声音颤抖地问。他的身体在瑟瑟发抖，这种发抖不是因为害怕，而是因为发自内心地感到愧疚。

钟老爹摇头说：“不知道，说是有个人中枪后跳进了乐安河里。”

润生一听就头皮发麻，他知道宁班长一定是凶多吉少。想到昨晚发生的一切，润生后悔自己不该不小心跌倒，更不该不打上绑腿。想到这儿，他懊恼地用手使劲敲打自己的脑袋，眼泪扑簌簌地落了下来。

钟老爹看到润生的神情，知道他一定有什么内疚的事情，也不好多问什么，只是柔声劝慰他：“人各有命，你也别太难过了。”

钟老爹打听到国民党正在对红军根据地进行大规模的“围剿”，县城里驻扎的这支国民党军队就是前两天突然调来的。今天部分队伍已经部署到红军根据地一带，国共两党的战争一触即发。

“说不定这几天就会开战，老百姓还是躲在家里比较安全。”钟老爹说。

润生说：“可我不是普通百姓，我是红军战士，应该跟战友们一起抗敌。”

“但是你的腿已经动不了了。”钟老爹看着他的左腿。润生顺着他的目光看去，只见自己的左腿被几块小夹板捆绑得严严实实，动弹不得。他无奈地叹了口气。

“你不要心急，一切都等伤养好后再说吧。”钟老爹劝道。

就这样，润生在钟老爹家住了下来。待的日子久了，他发现钟老爹虽然脾气倔强，但心地很善良。因为润生的腿骨折了，钟老爹时常会去找当屠夫的老友，劳烦他卖一些便宜的猪骨头给自己，好给润生炖汤喝。他常说：“多喝猪骨汤，骨头才长得快。”他还杀了家里一只正在下蛋的老母鸡给润生补身体。婆婆更是把润生当作亲孙子一样疼爱，每天给他端茶递水、洗脸送饭，怕他寂寞，还陪着他唠家常，给他讲县城的各种奇闻趣事。

润生虽然住在钟老爹家，但是心里一直记挂着部队和战友们。钟老爹打听到消息：红军战败了。润生心里焦急得不得了，他很想尽快联系上组织。

不久后，巷子里来了一个卖针头线脑、日常百货的年轻货郎。那个货郎能说会道，很快就跟巷子里的大妈大婶们打成一片。

一天，那货郎经过钟老爹家门前，敲了敲门，大声问：“屋里有人吗？”

婆婆迎出去看到货郎，问：“你有什么事情吗？”

“婆婆，我想讨碗水喝。”货郎说。

善良的婆婆把货郎请进了院子，让他把货担子放在地上等着，自己去给他倒水喝。润生在屋里听到了货郎和婆婆的交谈，心“怦怦”直跳——这分明是许亮哥的声音。

润生忙高声叫道：“婆婆，我有点儿事问货郎，您让他进来一下吧。”婆婆觉得奇怪，但还是让货郎进了屋子。

润生和“货郎”一见面，都露出了惊喜的笑容。

润生对婆婆说：“我俩有些话要说，您能帮我们在外面看守一下吗？”

婆婆好奇地看了一眼许亮，点点头出去了。

许亮等婆婆关上门出去后，说：“这位婆婆……”

润生说：“放心吧亮子哥，婆婆很可靠。”

许亮惊喜地说：“想不到你还在这条巷子里。”

润生也激动得流下了眼泪，他把自己的经历详细地讲了一遍，然后指着自己的腿说："我的腿几天前拆了夹板，现在正进行康复训练呢。"

许亮打量了一下润生，说："大半年没见，你长得白胖多了，看来这家人待你不错。"接着，他告诉润生，自从那晚分散后，国民党就开始疯狂地"围剿"红军的各个革命根据地，红军苦战了半年多都没有取得胜利。党组织决定在十月份组织中央领导机关和红军主力撤出中央苏区 。

"红军要撤向哪里？"润生急切地问。

"还没确定。"许亮说。其实，许亮这次是专门来寻找和通知润生的。他找了几天，都快要放弃了，还好今天终于找到了失散的润生。

"宁班长他们还好吗？我申请立刻归队。"润生说。

许亮问："你的腿能走吗？"

"可以，拆了夹板，骨头已经长好了。"润生说。他又问了一句："宁班长和银根哥都好吗？"

许亮神情悲痛地说："他们……他们都牺牲了。"

润生头上仿佛炸开了一个霹雳，他一把抓住许亮的手，拼命地摇晃着，问："他们是怎么死的？你快说啊！"

原来，在半年前的那个深夜，宁班长身负枪伤跳进了河里，就再也没能上岸。吴银根第二天倒是顺利地逃回了营地，但是，他在接下来的一次反"围剿"战斗中英勇牺牲了。

润生一听"哇"地大哭起来，许亮默默地看着他哭。润生将胸中积累的悲伤和痛苦全都发泄出来后，许亮说："你现在的身体状况还不允许你归队，休息一阵子再说吧。"

“不，我要立刻归队。”润生说着想要下床站起来，但是他的腿长时间没有走路，像棉花一样软绵绵的，一步也迈不开。润生无助地捶打着自己的双腿，泪水又流了出来。

许亮叹了口气，说：“你不要勉强了，跟不上队伍的话，你就先留在这里，等以后再说吧。”

“不，我要回部队。”润生倔强地说，但是他腿一软，又跌倒在了床上。

眼看天色不早，许亮要走了。他说：“五天后，我们的部队就要开拔到瑞金去了，如果你能行就跟过来，不然就……”

润生抬手行了个军礼，坚定地说：“亮子哥，请你转告组织，我一定按时归队。”

听说润生要离开，钟老爹露出了不舍的神情。他拍着润生的肩膀，说：“你的身体还没有养好呢，再住一阵子吧。”

润生感激地说：“我已经比来的时候长高长壮了不少，这都是您和婆婆的功劳。”

几天后，在一片暮色中，钟老爹和婆婆躲过当地驻扎的国民党军队，赶着一辆驴车把润生送出了县城。润生克服了种种困难，终于按时到达，追赶上了大部队的脚步。

就这样，十三岁的何润生和八万多名战友从江西瑞金等地出发，踏上了漫漫征程。

杜鹃红胜火

疲惫的爷爷缓缓地说出了最后一个字。他身体向后，仰靠在了放着柔软靠垫的藤椅上，脸上的皱纹渐次舒展开来，仿佛水面荡漾的涟漪渐渐恢复了平静，但是爷爷的眼睛是闪闪发亮的，像燃烧着两团小火苗。看得出，回忆那段往事让他的心情很不平静。

何开阳意犹未尽地追问："您是怎么走完二万五千里长征路的？在路上一定也发生了很多动人的故事吧？"

爷爷点点头说："那就是另外一个故事了。"

当年十三四岁的爷爷跟着红军的大部队爬雪山、过草地，历经千难万险到达了革命圣地延安。他那条受伤的左腿在长途跋涉中，患上了严重的风湿病。

到达陕北后，爷爷被选派进了中国人民抗日军事政治大学，他跟来自全国各地的优秀青年们同吃同住，一起学习马列主义、中国历史、抗日民族统一战线等课程。在上大学期间，爷爷改名高峰，象征着他开启了一段崭新的人生。

何开阳问："许亮爷爷也跟您在一起吗？"

爷爷长长地叹了一口气，说："亮子哥在穿越松潘草地的时候，伸手去拉拽一位不小心陷入泥浆的战友，结果他也被沼泽吞没了。当时我们都去帮忙，我差点儿也……"爷爷说不下去了，他的眼睛红了，泪水涌了出来。

何开阳抽了一张纸巾递到爷爷手里，认真地看着爷爷说："爷爷，您是一位英雄。"

爷爷用纸巾擦去眼泪，摇摇头平静地说："我不是英雄，我只是跟英雄们并肩战斗过。"他想了想又说："不是每个人都能当英雄，但是我们都应该做有担当、负责任的人。"说完，他意味深长地看着何开阳，那目光充满鼓励和期盼，让何开阳不好意思地低下了头。

过了半晌，何开阳对爷爷说："我一定要好好学习，不辜负您和革命先辈们的期望。"爷爷疲惫又欣慰地点点头。

几天后的一个下午，爷爷接到了一通来自江西省抚州市乐安县人民政府的电话。

在电话里，乐安县人民政府一个自称姓汪的工作人员说是刘主任给了他们爷爷的电话号码，他邀请爷爷回家乡去看看，并介绍说县里在进行红色标语的收集整理工作，县政府希望爷爷能担任顾问，指导他们的工作。

听到熟悉又亲切的乡音，爷爷心里暖暖的，一些很多年没有用过的俚语土话都自然而然地从脑海里冒了出来。于是，他用家乡话跟小汪亲切地交谈起来。乡音乡情就像一张无形的大网，即使相隔千万里，只要听到乡音，哪怕是从不相识、从未谋面的人之间也会生出几分属于自家人的亲切感。

爷爷好奇地问："离开家乡时，我才十三四岁，还是个小孩子，在家乡也不认识谁，是谁提供了我参加过红军的线索呢？"

小汪说："是我阿公提起您的，他是你们家的老邻居。"

"你阿公叫铁锁还是铜锁？"爷爷一听，急切地问。

小汪说："他叫铜锁。"

"铜锁呀，原来是铜锁。他的身体还好吗？他的哥哥铁锁还好吗？"爷爷激动得声音都变调了。

小汪沉默了几秒，说："铁锁爷爷走得早，我没有见过他。去年春天，我爷爷也生病去世了。他在去世前给我们讲了您的故事，我正好在乐安县人民政府工作，所以决心要找到您。其实我也不确定能不能找到您，看来我的运气还不错。"

爷爷沉默了几秒，他小心地问出了一个埋藏在心里很久的问题："你知道我妹妹敏妹子的下落吗？"

1965年的秋天，爷爷回过一趟老家。他想找回妹妹敏妹子和好友金宝，但是不仅县城的建筑，连老家的街巷都变得不一样了。爷爷找到了自家老宅，那里已经换了一家人居住。房子因为年久失修倒了半边，现在的屋主说他们再攒几年钱后，会考虑翻修整个院落。

爷爷儿时记忆里的院子、青石砖和屋子都变得不同了。唯一令爷爷惊喜的是，院子里的杜鹃花还长得枝繁叶茂。看到爷爷对那丛杜鹃花很是喜爱，屋主人慷慨地说："这丛杜鹃花你可以挖了带走。"

杜鹃花在乐安是很常见的花，山坡上到处都是一大丛一大丛的。爷爷道了谢，小心地挖着院子里的杜鹃花。自从妈妈何娘子栽下这些杜鹃花，这么多年来它们的根萌发了一大片，爷爷只是挖取了其中的一小部分。

爷爷把挖出来的杜鹃花小心翼翼地放进随身带的旅行包里，好像放进了一个娇嫩的婴儿。

当年离开家乡时，爷爷年纪还小，如今老一辈人相继去世了，县城里的居民他几乎都不认识，连邻居老汪一家也不知搬到哪儿去了。那一次，爷爷徒劳地在县城里转了很久，也没有打听到妹妹和金宝的消息。抱憾而归的爷爷，一刻都没有淡忘他们。

听了爷爷的讲述，小汪说："联系您之前，我也去寻访过她，得知您的妹妹嫁到了增田镇的东湖村，她嫁给了您儿时的好友杨金宝。两位老人的身体都很健康，他们生了三个儿子，如今已经有好几个孙子，现在是一大家子人了。我去探望他们时，婆婆还给我展示了一块精心收藏的翡翠玉坠，说是母亲留给她的。"

爷爷心里的石头终于落了地，他流着泪激动地说："谢谢小汪，感谢你带给我这么大的惊喜，我实在太高兴了！"接着他又问："半个多世纪过去了，我们当年写的那些红色标语还在吗？"

小汪笑着说："何爷爷您放心吧，那些红色标语县里保护得很好。全县现存的红色标语有 3000 多条呢，欢迎您故地重游。"

挂了电话，爷爷坐在院子里默默地看着那一丛红艳艳的杜鹃花出神。

这时，何开阳背着书包走进院子，坐在爷爷身旁。爷爷摊开手，掌心里躺着一枚晶莹剔透的翡翠杜鹃花玉坠。那玉坠像一块凝固的碧波，将爷爷的手掌都映成翠绿色的了。

何开阳轻声问："爷爷，您想家了吗？"爷爷沉默地点点头。

"我也想跟您回一趟老家，去看看您和战友们写的那些红色标语，感受一下那段艰苦的战争岁月。"何开阳说。

爷爷开心地说："你知道吗？敏妹子和金宝还活着呢，没想到有生之年我还能见到他们。我离开家的那天，敏妹子才五岁，如今已经过去半个多世纪……"说着，爷爷的眼圈又红了，晶莹的泪水在眼眶里打着转儿。

何开阳被爷爷感染了，说："太好了，我们去看望敏奶奶和金宝爷爷吧。"

“好，我们回老家看看。”爷爷说。

“一言为定。”何开阳伸出了小拇指，爷爷笑着跟他拉了拉钩。何开阳一边钩着爷爷的小拇指摇晃，一边念叨着：“拉钩上吊，一百年不许变。”

“绝对不会变。”爷爷笑着说。

奶奶走过来笑着说：“好啊，老何，你们回江西老家都不带上我吗？”

“去，你当然要去，还要叫上儿子和媳妇，咱们一家人都回老家，认祖归宗去！”爷爷说完，三个人都笑了。

看着院子里嫣红的杜鹃花，何开阳感慨地说：“今年春天雨水充足，杜鹃花开得真茂盛啊！”

爷爷点头喃喃地说：“是啊，今年杜鹃花红艳艳的，开得格外好。”

院子里的杜鹃花像夕阳下燃烧的一团火焰，默默地绽放着，无声地诉说着过往那些艰苦的经历和现在美好幸福的生活。